Alexander S. Coburg

# Lebensspektakel

Autobiografisches

*Bibliografische Information der Deutschen Nationalbibliothek:*
*Die Deutsche Nationalbibliothek verzeichnet diese Publikation in der*
*Deutschen Nationalbibliografie; detaillierte bibliografische Daten sind*
*im Internet über http://dnb.dnb.de abrufbar.*

*© 2016 Alexander S. Coburg*

*Herstellung und Verlag: BoD – Books on Demand, Norderstedt*
*Umschlaggestaltung: font11, Berlin*
*Fotos: in Privatbesitz*
*Titelfoto: https://pixabay.com/de*
*ISBN: 978-3-7412-9892-9*

# Inhalt

| | |
|---|---:|
| Adieu Heimat | 9 |
| Ein raffinierter Plan | 19 |
| Ein trautes Heim | 43 |
| Das Bild vom königlichen Kaufmann | 53 |
| Das Mädchen vom Bodensee | 65 |
| Ein Unglück kommt selten allein | 79 |
| Romeo und Julia | 97 |
| Eine Grille namens Herbie | 113 |
| Der Feind hört mit | 131 |
| Das Sprachrohr des Herrn Doktor | 145 |
| Invasion der Stubentiger | 159 |
| Der Tag der Wende | 167 |
| Ein Brief voller Fehler | 181 |
| Die fremde Halbschwester | 201 |
| Anlage A - Fotos | 211 |
| Anlage B - Zeittafel | 229 |

## Adieu Heimat

Das Licht der Welt erblickte ich am Heiligabend 1940 – bei einer Hausgeburt, wie es damals oft üblich war. Gut eine Stunde nach Mitternacht machte ich mich mit dem ersten Schrei bemerkbar. Vielleicht war es diese ungewöhnliche Zeit, die mich den Rest meines Lebens zur Nachteule und somit zum Langschläfer machte. Die Familie stellte sich von Beginn an zwei Fragen: Was war ich nun – ein Christkind oder ein Weihnachtsmann? Und mit wem sollte ich später meine Geburtstage feiern? Ausgerechnet am Heiligabend, wo jeder mit sich selbst beschäftigt war. Fest stand, dass ich mit meinen siebenundfünfzig Zentimetern Länge und fast vier Kilo Gewicht größer und schwerer war als die meisten anderen Neugeborenen. Für die Eltern ein Grund mehr, stolz auf den Stammhalter zu sein – unter anderem auch deshalb, weil der Erstgeborene vor Jahresfrist kurz nach der Geburt gestorben war.

Die Freude über die Geburt währte allerdings nicht lange. Der Großvater mütterlicherseits, ein gestandenes Mannsbild mit für damalige Verhältnisse überragenden hundertzweiundachtzig Zentimetern Körpergröße, war schwer erkrankt. Die Ärzte diagnostizierten Speiseröhrenkrebs im fortgeschrittenen Stadium – zu jener Zeit ein Todesurteil. Einst Militärbeamter bei der kaiserlichen Heeresverwaltung in der Provinz Posen, später Pächter eines Tabakwarengeschäfts im schlesischen Liegnitz, musste der erklärte Gegner der Nationalsozialisten jetzt nicht nur mit dem angezettelten Krieg und den Überfällen auf halb Europa, sondern auch mit seinem persönlichen Schicksal fertig werden. Mit den Nazis war er schon Monate zuvor aneinandergeraten.

*Als die braunen Horden in der Hauptstadt Schlesiens Einzug halten, die Rechte zum Führergruß ausgestreckt und unter der Hakenkreuzfahne das Horst-Wessel-Lied grölend, reißt er eine der an den Häusern zum Empfang ausgehängten Flaggen herunter und wirft sie auf den Bürgersteig. Obwohl die im Gleichschritt und mit martialischem Gesichtsausdruck durch die Straßen der Stadt marschierenden Angehörigen von Wehrmacht, SA und SS den Vorfall nicht mitbekommen, betätigt sich ein Nachbar als Denunziant. Das zieht unweigerlich Konsequenzen nach sich: tagelang wird er von der Gestapo verhört, nicht physisch, aber psychisch gefoltert, bis man ihn, zur Überraschung aller, am Ende wieder laufen, von nun an jedoch nicht mehr aus den Augen lässt.*

Sein Glück war, so abwegig das klingen mag, dass er rechtzeitig das Zeitliche segnen durfte. Die Zerstörung seiner Heimat und den endgültigen Niedergang des Deutschen Reiches, dessen Ruf schon unter dem Kaiser genug gelitten hatte, musste er nicht mehr miterleben. Und der durchaus mögliche Gang in eines der berüchtigten Konzentrationslager blieb ihm ebenfalls erspart. Dort hätte ihn ein noch schrecklicheres Ende als der Krebstod erwartet. Wenige Tage vor Vollendung seines vierundfünfzigsten Lebensjahres war es dann soweit, schloss er, von starken Krämpfen und Schluckbeschwerden geplagt, für immer die Augen.

Der Großvater lag noch nicht lange unter der Erde, als ich in der Breslauer St. Barbara-Kirche getauft wurde. Das über den Kopf mehr gegossene als geträufelte Wasser behagte mir dabei gar nicht. Mit kräftigen Schreien machte ich meinem Unmut Luft – für die gläubige Mutter kein Anlass, auf das christliche Ritual zu verzichten.

Eineinhalb Jahre später wurde mein jüngerer Bruder geboren, der als Spielkamerad vorerst nicht zu gebrauchen war. Doch bald tollten wir beide herum – allerdings nur in der Wohnung, weil die stark befahrene Straße zu gefährlich war. Manchmal balgten wir uns auch, was gelegentlich zu Spannungen führte. Mir als dem Älteren blieb dann die Rolle des Sündenbocks, der von der Mutter, eher selten vom Vater, bestraft wurde.

Der Vater stammte aus einer Brandenburger Binnenschifferfamilie, die mit ihrem Lastkahn viel unterwegs war, auf der Oder bis zum Stettiner Haff hin- und wieder zurückfuhr, die Fracht jedes Mal am Ziel entlud und dort oder anderswo neue Ware aufnahm. Die Großmutter, die ihre alten Tage in Senftenberg verbrachte, hatte ich dort noch erlebt, den Großvater nicht mehr. Vaters Geschwistern bin ich erst später begegnet. Er selbst war der Jüngste, wohl auch der Gescheiteste. Ohne höheren Schulabschluss schaffte er den Einstieg in die mittlere Beamtenlaufbahn bei der Finanzverwaltung, wurde Steuerinspektor und war somit in der Lage, die Familie allein zu ernähren.

Die Mutter wurde in der Provinz Posen geboren, wo ihr Vater ja einst Militärbeamter bei der kaiserlichen Heeresverwaltung war. Sie hatte das Lyzeum besucht, aber keinen Beruf erlernt. Sie stürzte sich voll und ganz auf die Kindererziehung. Die Wurzeln der Großmutter, die nicht nur den an Krebs erkrankten Mann, sondern bei Kampfhandlungen an der Ostfront auch den einzigen Sohn verloren hatte und seitdem bei uns lebte, lagen wiederum in Ostpreußen, wo die Urgroßeltern zunächst ein Restaurant betrieben. Später verwalteten sie das Gut des Grafen von Schlobitten.

Die Sommerwochenenden verbrachten die Eltern oft an den Oderstränden. Auch während des Krieges. Der Fluss mit seinen Strömungen in Richtung Stettiner Haff, der sich durch die Stadt hindurch schlängelte, die Sandinsel in die Zange nahm und danach wieder teils gradlinig, teils in Windungen dahinfloss durch Schlesien, Brandenburg und Pommern, schien mich magisch anzuziehen. Geradezu furchtlos stieg ich in die Fluten, als wollte ich dem reißenden Strom Paroli bieten. Immer tiefer wagte ich mich hinein – ich Knirps von zweieinhalb Jahren, der gar nicht schwimmen konnte. Das Wasser faszinierte mich. Und wenn sich ein Ausflugsdampfer oder ein Lastkahn den Weg durch die Oder bahnte und nach beiden Seiten hin nichts als Wellen hinterließ, die mich unbarmherzig ans Ufer zurückdrängten, wollte ich erst recht zeigen, dass ich mich nicht unterkriegen ließ – wohl in dem unerschütterlichen Glauben, das kühle Nass würde mich ebenso wie die Schiffe tragen. Eines Tages wurde ich eines besseren belehrt.

*Der kleine Körper, der bis dahin hüfthoch im Wasser gestanden und dem Druck der Wellen nur mit Mühe standgehalten hat, verliert plötzlich den Boden unter den Füßen. Ein Aufschrei reißt die am Ufer liegenden, sich der Sonne hingebenden Badegäste aus ihren Träumen. Nur zwei hastig um sich schlagende Arme verraten, woher die Schreie kommen und dass da mitten im Strom ein menschliches Wesen um sein Leben kämpft. Die Leute starren wie gelähmt auf das in der Strömung treibende Kind. Und die Mutter, die wie ihr Zögling nicht schwimmen kann, macht sich lediglich durch ihr Kreischen bemerkbar. Der Vater hingegen springt geistesgegenwärtig in die Fluten, schwimmt mit kräftigen Zügen auf seinen Sohn zu, packt ihn am Schlafittchen und bringt ihn unversehrt ans Ufer zurück. Die Mutter, die noch immer in schrillen Tönen verharrt, begreift erst allmählich, dass sie ihr Kind, das aus Sympathie mitzubrüllen scheint, wohlbehalten in den Armen hält.*

Gelegentlich besuchten wir auch die eine oder andere Veranstaltung. Dem Krieg zum Trotz. Ein ganzes Stadtviertel schien auf den Beinen zu sein, füllte mit der Zeit das weite Rund der Jahrhunderthalle. Es war eines der Sinfoniekonzerte, das die Sechstausend aus ihrem Alltagstrott herausholte und in den gigantischen Bau lockte. Noch waren die Musiker nicht erschienen. Nur die Bestuhlung auf der Bühne verriet, dass dort in wenigen Minuten ein Orchester spielte – ein aus Bläsern, Schlagzeugern und Streichern bestehender Klangkörper, erst im vierten Satz um Gesangssolisten und einen gemischten Chor erweitert, das gesamte Ensemble angeführt von einem über die Grenzen Breslaus hinaus bekannten Dirigenten. Beethovens Neunte stand auf dem Programm, mit Schillers Gedicht *An die Freude* im Chorfinale. Als die Musiker endlich erschienen und auf ihren Stühlen Platz nahmen, war die Geräuschkulisse der Besucher noch in vollem Gange. Erst der Auftritt des Maestros sorgte abrupt für Stille, ehe ein Beifallssturm einsetzte, unterbrochen von einzelnen Bravo-Rufen – und das, obwohl noch kein einziger Ton gespielt worden war. Der Dirigent hob den Taktstock zum Zeichen des Einsatzes. Im Saal war es jetzt mucksmäuschenstill. Das Orchester begann zu spielen, schien meine musikalische Ader zunehmend in Wallung zu bringen.

*Irgendwann im Laufe des ersten Satzes setzt sich der mittlerweile Dreieinhalbjährige, der neben seiner Mutter direkt am Gang sitzt, in einem unbeobachteten Moment in Bewegung, schleicht neugierig auf die Musiker zu und verfolgt gebannt das Geschehen auf der Bühne. In den Gesichtern der Zuhörer tauchen die ersten Lachfalten auf, gefolgt von einem zunehmenden Kichern, nachdem der musikalische Zwerg das Podium erklommen und zu dirigieren begonnen hat. Dabei zeigt er nicht nur Gefallen an der Musik, sondern vielmehr noch am Dirigieren des Orchesterleiters. Jede Bewegung des hoch über ihm thronenden Mannes macht er gekonnt nach, lässt sich auch vom einsetzenden Gelächter der Konzertbesucher nicht aus dem Konzept bringen. Als der Maestro nach dem Satz den Buben gar noch zu sich hinaufzieht und gemeinsam mit ihm eine Verbeugung vor dem Publikum macht, hält es die Leute nicht mehr auf den Sitzen. Erst die herbeigeeilte Mutter, der die Angelegenheit sichtlich peinlich ist, macht dem unvorhergesehenen Auftritt ihres Filius, begleitet vom rhythmischen Klatschen der Besucher, ein Ende.*

Der Krieg neigte sich dem Ende zu. Die Absicht der Reichsführung, angesichts der näher rückenden Sowjettruppen – einer schier ausweglosen Situation – Breslau zur Festung zu erklären, demonstrierte nicht nur die Unfähigkeit der Nazis, eine drohende militärische Niederlage zu erkennen, geschweige denn einzugestehen. Sie grenzte geradezu an Größenwahn. Der Führer und seine Vasallen hielten am totalen Krieg fest, waren einfach nicht davon abzubringen, weitere Menschenleben sinnlos zu opfern. Leider trug auch die breite Masse, die aus eben diesen Menschenleben bestand, dazu bei, an den Endsieg zu glauben und notfalls für ein paar Wahnsinnige sterben zu wollen. Und um zu zeigen, dass zum Erreichen des Zieles – nämlich dem Feind bis zum letzten Blutstropfen erbitterten Widerstand zu leisten – jedes Mittel recht war, plante der braune Mob, einen Großteil Breslaus, das zu den schönsten Städten Deutschlands zählte, dem Erdboden gleichzumachen. Wenn die Russen die schlesische Metropole schon einnahmen, sollten sie ihre Fahnen wenigstens auf rauchenden Trümmern hissen.

*Der Vater soll bei diesem Irrsinn mitwirken. Er, der zwar keiner Fliege etwas zu Leide tun kann, aber, im Gegensatz zu seinem rebellischen Schwiegervater, eher aus Sorge vor Repressalien als aus politischer Überzeugung der Partei beigetreten ist und nun zum Militärdienst gezwungen wird, soll zur Zerstörung der Stadt beitragen, mit Dynamit ganze Häuser, auch das Haus, in dem er mit seiner Familie wohnt, ja die ganze Straße, die zum Flughafen hinausführt, in die Luft jagen und den Schutt für eine zusätzliche Start- und Landebahn der eigenen Jagdbomber beiseite räumen. Ob er diesen Wahnsinn überleben, seine Familie, deren Evakuierung bevorsteht, jemals wiedersehen würde, steht in den Sternen. Zu ungewiss sind die Folgen des Krieges, wie die Russen als Sieger mit den Deutschen verfahren würden, zu schmerzlich die Gedanken beim Abschiednehmen, ob Frau und Kinder die Flucht bei der Kälte überhaupt überstehen würden.*

Die Evakuierung der Menschen, die ihre Heimat Hals über Kopf verlassen mussten, war ein einziges Chaos, die Flucht vor den nahenden Russen für viele gar eine Tragödie. Vor allem die eisige Kälte machte den meisten, insbesondere Frauen, Kindern und Alten zu schaffen. Viele blieben auf der Strecke, kauerten, vom Marsch erschöpft und vor Hunger entkräftet, am Straßenrand und erfroren. Ihre Leichen säumten tagelang die Fluchtwege, ehe sie geborgen werden konnten. Es gab kaum Nahrung – vor allem für Säuglinge und Kleinkinder eine Katastrophe. Und niemand wusste, wie weit er noch in notdürftiger Winterkleidung laufen oder mit einem von geschundenen Pferden gezogenen Treck fahren musste, um ein halbwegs sicheres Ziel zu erreichen. Am allerschlimmsten traf es die Greise, die nicht transportfähig waren und in den teilweise zerstörten Häusern zurückbleiben mussten. Mutter und Großmutter rafften schnell das Notwendigste zusammen, gingen mit uns Kindern auf die Straße hinunter und warteten auf den Abtransport.

Wir hatten Glück, von einem der Flüchtlingstrecks mitgenommen zu werden. Geblieben waren uns nur ein Koffer voll Wäsche, eine Tasche mit Verpflegung und die bekleidete Haut. Ganze drei Tage waren wir unterwegs, übernachteten in zwei Dörfern, wo wir jeweils in einer Scheune unterkamen. Dann endlich erreichten wir Kunzendorf, das weit genug vom Kriegsschauplatz entfernt war. Dort blieben wir ein paar Wochen.

Wer nicht auftauchte, war mein Vater. Die Angst, dass wir uns möglicherweise nicht mehr wiedersahen, war groß. Dennoch mussten wir weiterziehen. Von Kunzendorf ging es nach Hirschberg. Auch dort hielten wir uns einige Wochen auf, hofften sehnlichst auf die Rückkehr des Vaters. Und tatsächlich: eines Tages traf er mit einer Gruppe Verwundeter in der Stadt am Riesengebirge ein. Das Wiedersehen geriet zum Feiertag, obwohl es kaum etwas zu essen und zu trinken gab, um ausgiebig feiern zu können. Meine gläubige Mutter schickte ein Gebet gen Himmel. Und mein unvernünftiger Vater, der nicht wegen einer Verwundung, sondern wegen seiner zunehmend geschädigten Lunge vom Militärdienst suspendiert und so vor dem eigenen Untergang bewahrt worden war, zündete sich eine Zigarette an.

*Mit der Zeit wird es überall im Osten des inzwischen besiegten Deutschen Reiches brenzlig. Die leidgeprüften Polen, die von den Russen selbst vertrieben wurden und nun zwangsweise nach Schlesien auswandern, rücken allmählich nach, so dass die verbliebenen deutschen Flüchtlinge weiterziehen müssen. In den folgenden Tagen zehren nicht nur Kälte, Hunger und Durst an den Kräften der aus der Heimat Vertriebenen. Es sind auch die erschütternden Bilder, die den Menschen unterwegs in den zerbombten Städten begegnen. Besonders schlimm hat es Dresden getroffen, das von einem regelrechten Flammeninferno heimgesucht wurde. Überall brennt es lichterloh – eine Schreckensszene, die sich im Gedächtnis des Vierjährigen festsetzt. So sind alle erleichtert, als sie endlich in Marienberg im Erzgebirge ankommen, wo sie sich vorerst sicher fühlen dürfen.*

# Ein raffinierter Plan

Eltern und Großmutter hatten durch die Vertreibung aus Schlesien zwar die Heimat und das meiste Hab und Gut verloren, waren aber dennoch glücklich, in diesen wirren Zeiten, in denen jeder ums nackte Überleben kämpfte, wenigstens ein Dach über dem Kopf gefunden zu haben – selbst wenn es sich nur um zwei Zimmer handelte, die sich die fünfköpfige Familie teilen musste. Doch die Freude über den Glückstreffer wurde schon bald getrübt. Denn nach der deutschen Kapitulation waren die Sowjets weiter in Richtung Westen vorgedrungen, hatten neben anderen Ländern auch Sachsen in Beschlag genommen. In diesem Zusammenhang waren Horrormeldungen über die Rote Armee verbreitet worden. Dass sie vor allem Frauen überfielen, sie vergewaltigten und auf übelste Art misshandelten. Auch Raubzüge standen auf der Tagesordnung. Beliebt waren vor allem Uhren, die sich das gemeine Volk nicht leisten konnte. Doch auch die andere Seite war den Menschen zu Ohren gekommen. Dass Offiziere ihre Rekruten zur Räson riefen, wenn sie zu sehr über die Stränge schlugen, Einheimische und Flüchtlinge sich einigermaßen sicher fühlen konnten. Wir Kinder hatten generell nichts zu befürchten. Uns gegenüber verhielten sich die Uniformierten der unteren Ränge friedlich, ja geradezu freundschaftlich. Das hinderte die Russen aber nicht daran, auch uns einen Besuch abzustatten.

*Die Familie hat sich kaum in dem neuen, halbwegs intakten Domizil notdürftig eingerichtet, der Vater als Steuerinspektor seine neue Stelle am Finanzamt der altehrwürdigen Bergstadt noch gar nicht angetreten, als ein paar Soldaten, fast noch Jugendliche, in die Wohnung eindringen – vermutlich in der Absicht, Mutter und Großmutter sexuell zu belästigen. Doch sie haben die Rechnung ohne die Mutter gemacht, die sich den jungen Männern wie eine Furie entgegenstellt und sie mit einem Besen bedroht. Völlig verunsichert, dafür aber wegen der Abfuhr umso erboster, durchsuchen sie die Wohnung nach Brauchbarem. In der Toilette werden sie fündig. Ein Becken mit Wasserspülung haben sie noch nicht gesehen. Die Neuentdeckung finden sie dermaßen interessant, dass sie als Ersatz für ihren Liebesentzug ein paar Kartoffeln verlangen, deren Schalen sie mit Hilfe der Spülung säubern möchten. Dieser Forderung kann die Mutter allerdings nicht nachkommen, weil sie keine Kartoffeln vorrätig hat. Anfangs noch abwartend, bald laut fluchend und eine zunehmende Drohgebärde einnehmend, halten sie demonstrativ die Hände auf, begreifen aber angesichts von Mutters wiederholtem Achselzucken, dass ihr Verlangen nicht erfüllt werden kann. Also ziehen sie sich, nach längerem Zögern, maulend zurück. Sie deuten zwar an, wiederzukommen, verschwinden aber schließlich auf Nimmerwiedersehen, ohne auch nur einem Mitglied der Familie ein Haar gekrümmt zu haben.*

Bei eisiger Kälte, nicht selten durch knöcheltiefen Schnee stapfend, war der Vater von Hof zu Hof, von Dorf zu Dorf gezogen – stets auf der Suche nach Verpflegung für seine notleidende Familie. Teils barsch abgewiesen, teils nur nach ausdauerndem Betteln wenigstens mit einem Stück Brot oder ein paar Eiern belohnt, hatte er Tag für

Tag, und das Woche um Woche, in seinem ramponierten Mantel und den eher dürftigen Winterstiefeln die verschneite Landschaft des mittleren Erzgebirges durchkämmt. Erst als die warme Jahreszeit anbrach, er wieder seinen früheren Beruf ausüben konnte, besserten sich allmählich die Lebensbedingungen für die Familie. Nach und nach hatte sich die Lage sogar soweit entspannt, dass die Mutter im Hinterhof des Gebäudes, in dem sich die Zwei-Zimmer-Wohnung befand, Kaninchen und Hühner halten konnte, die auf längere Sicht die Ernährung der Familie sicherstellten.

*Für ihn, den älteren der beiden Söhne mit seinen fast viereinhalb Jahren, ist es jedesmal ein schreckliches Erlebnis, wenn ein Kaninchen oder Huhn geschlachtet werden soll und zu diesem Zweck wie ein verurteilter Delinquent auf den Hackklotz gelegt wird. Für derartige Handlungen ist zwar der Vater zuständig, doch sieht man ihm an, dass er es mit Widerwillen tut. Allein der Hunger der Familie lässt ihn über seinen Schatten springen. Stets mit Grausen wendet sich der Sohn ab, wenn Meister Lampe erst das Genick gebrochen und dann das Fell abgezogen oder wenn einem Gockel der Kopf abgeschlagen und das noch minutenlang zappelnde Federvieh gerupft wird. Ein Tier jemals töten zu können, entzieht sich seiner Vorstellungskraft.*

Seltsam waren die Bräuche in Sterbefällen. Der oder die Tote wurde im Haus, meist im Flur, aufgebahrt – im Sommer bei geöffneter Tür, so dass jeder, der vorbeikam, die verstorbene Person betrachten konnte. Links und rechts vom offenen Sarg wurden Kerzen aufgestellt und angezündet. Angehörige, Freunde und Bekannte legten rund um den Aufgebahrten Blumengebinde und Kränze ab.

Am Tag der Beerdigung wurde der Sarg mit einem Wagen abgeholt – nicht mit einem motorisierten Fahrzeug, sondern mit einem Leichenwagen aus schwarzem Holz, mit Glasscheiben an den Seiten, von zwei oder vier Pferden gezogen, denen man Trauerflor angelegt hatte. Auch der Kutscher oben auf dem Bock war schwarz gekleidet. Ebenso die sechs Männer, die den Deckel auf den Sarg stülpten, letzteren in den Wagen schoben, die Blumengebinde und Kränze drum herum verteilten und die brennenden Kerzen löschten. Dann versammelte sich die Trauergemeinde. Der Wagen setzte sich in Bewegung, fuhr im Schritttempo zum Friedhof hinunter – von den sechs Männern eskortiert und den Trauernden im Gefolge.

Der Verkehr auf den Straßen der Kleinstadt war, so kurz nach dem Krieg, noch spärlicher geworden, weil sich nur eine Handvoll Gutbetuchter unter den Einheimischen einen Wagen leisten konnte. Zudem boten die Straßen der von Heinrich dem Frommen gegründeten Stadt mit ihrem Kopfsteinpflaster nicht unbedingt den geeigneten Straßenbelag für die damals technisch noch mit wenig Fahrkomfort ausgestatteten Autos – abgesehen von den im Krieg mehr oder weniger beschädigten Fahrbahnen. Dafür kamen, alternativ zur Motorisierung, von Pferden gezogene Wagen zum Einsatz, die von den umliegenden Dörfern aus den symmetrisch angelegten Ort mit Waren belieferten.

Die Beschaulichkeit auf den Straßen verleitete uns Burschen hin und wieder dazu, die Ausfallstraße nach Zschopau, die durch das alte Stadttor führte und auf der sich noch am ehesten ein Automobil sehen ließ, kurz vor dessen Vorbeifahrt mit abenteuerlichen Sprints zu überqueren – selbst bei der geringen Frequentierung ein äußerst riskantes Spiel. Der Fahrer eines solchen Vehikels musste dann stark bremsen, dass die Reifen quietschten. Bei der anschließenden Beschleunigung schoss dicker Qualm aus dem Auspuff und hüllte die Fahrbahn in dichten Nebel. Meist gestikulierte der Mann am Steuer wild und drohte mit erhobenem Zeigefinger. Als unser Vater von dem Unfug erfuhr, setzte es ein paar deftige Ohrfeigen. Schläge drohten auch von Fremden, wenn unter uns Kindern Prügeleien im Gange waren. Einmal hätte es beinahe mich erwischt.

*Der inzwischen Fünfjährige wird von einem Nachbarskind dermaßen provoziert, dass er den vorlauten Bengel kurzerhand verprügelt. Was er nicht ahnen kann, ist, dass der Vater des Jungen den Vorfall vom Fenster seiner Wohnung aus beobachtet hat. Wutschnaubend stürmt der nur mit Hose, Unterhemd und Hausschuhen Bekleidete die Treppe hinunter und hinaus auf die Straße. Aber noch ehe er den Rivalen seines Sohnes packen kann, rennt dieser davon. Es entwickelt sich eine erbarmungslose Jagd bis zum Friedhof, wo sich der Verfolgte, der kurz außer Sichtweite ist, hinter einer Hecke verschanzen kann. Bald taucht der völlig verschwitzte Mann, der seine Schuhe unterwegs verloren hat und nun barfuß ist, vor dem Eingang des Gottesackers auf. Mit hochrotem Kopf sieht er abwechselnd nach links und nach rechts. Dann legt er sich ein paar Minuten auf die Lauer. Doch es geschieht nichts. Am Ende gibt er auf und tritt den Rückzug an. Sein heil gebliebenes Opfer verharrt noch eine Weile am sicheren Ort, bis es sich, nach Einbruch der Dunkelheit, aus der Deckung wagen kann.*

\*

Den Posten beim Finanzamt gab mein Vater schon bald auf, ebenso die kleine Wohnung in dem nahegelegenen Haus mit Hinterhof. Der Inhaber einer Miederwarenfabrik hatte ihm eine gut bezahlte Stelle als Buchhalter angeboten, dazu eine Wohnung gleich neben der Fabrik, die doppelt so groß war wie die alte, und eine kleine Parzelle in einer Gartenkolonie am Stadtrand, wo wir Obst und Gemüse für den Eigenbedarf anbauen konnten – mit einer Hütte drauf. Später verpachtete er Vater sogar noch einen Karpfenteich in der Nähe von Pockau, wo er seinem Angelvergnügen nachgehen konnte.

Die neue Umgebung besaß noch einen anderen Vorteil. Die riesige Kirche – für eine Kleinstadt wie Marienberg eher ungewöhnlich, zudem noch eine der größten Hallenkirchen Sachsens – war nicht nur wegen ihrer wertvollen Kunstwerke wie dem altgotischen Schnitzaltar und der Orgel interessant. Auch der Turm mit der Wohnung des Türmers und den schweren Glocken, die an Gottesdiensttagen ein weithin hörbares Geläut anstimmten, besaß eine große Anziehungskraft. Wenn der Türmer eingekauft hatte, die Last aber zu schwer war, um sie hinauf zu schleppen, zog er diese mit einer Seilwinde nach oben und von dort durch eine kleine Tür, wie man sie von alten Lagerhäusern her kannte. Oft beobachtete ich dieses Schauspiel und wünschte mir, selbst einmal von oben auf die Stadt hinabblicken zu können. Erst als ich in die Schule ging, durfte ich den Türmer die zahllosen Stufen hinauf begleiten, die kleine, aber gemütliche Wohnung bestaunen, auf die umliegenden Häuser bis hinüber zum Markt hinabsehen und dem schon älteren Mann beim Läuten der Glocken zuschauen.

Apropos Schule. Dort wurde ich schon bald erwartet. Mit Jacke, kurzer Hose, Strickstrümpfen und am Hemdkragen befestigten Bommeln bekleidet, dazu mit Zuckertüte, Schulranzen und einer Umhängetasche ausgerüstet, zog ich los – am ersten Tag von den Eltern begleitet. Die Schule bereitete mir Freude, hatte ich mich doch schon vor der Einschulung mit dem Alphabet und den ersten Zahlen beschäftigt. Mit den Jahren rückte ich von Klasse zu Klasse vor, lernte eifrig, auch wenn ich manchmal mit den Gedanken woanders war, schrieb Diktate, löste Rechenaufgaben und fand insbesondere an der russischen Sprache großen Gefallen. Dies veranlasste die Klassenlehrerin, meine Mutter irgendwann zu fragen, ob es in der Familie russische Vorfahren gab, was sie wahrheitsgemäß verneinte. Vermutlich resultierte diese Fertigkeit auch nur aus dem häufigen Umgang mit den am Ort stationierten russischen Soldaten, die mit Kindern besonders gut zurechtkamen. Selbst mit der Gegenwartskunde, die vor dem Revanchismus und Kapitalismus des anderen deutschen Staates warnte, kam ich zurecht, verstand die propagandistischen Hetztiraden in diesem Alter ohnehin noch nicht. Und im Elternhaus wurde über Politik nicht gesprochen. Zu groß war die Angst, durch eventuell nachgeplapperte Äußerungen des Sprösslings vor die kommunistischen Parteikader zitiert zu werden – eine Praxis, die sie noch von den Nationalsozialisten her kannten. Nur einmal war ich an einer Aufgabe kläglich gescheitert, hatte mich ausgerechnet auf einer Bühne bis auf die Knochen blamiert.

*Eines guten Tages darf der Schüler in einem Theaterstück mitwirken – eine Gelegenheit für die Mutter, vor allem den Nachbarn und Bekannten stolz den begabten Sohn zu präsentieren. Es lässt sich auch alles gut an. Die Rolle eines Studenten, der seinem, von einem älteren Schüler gespielten Professor eine Reihe von Fragen beantworten soll, liegt ihm, den Text hat er auswendig gelernt und die Proben verliefen reibungslos. Doch dann kommt alles ganz anders. Am Tag der Aufführung, als seine Mitschüler eifrig bei der Sache sind und scheinbar ohne Lampenfieber in ihren Rollen brillieren, als alle anwesenden Eltern samt Nachbarn, Bekannten und Verwandten angesichts der Darbietung ihrer Nachkommen staunen, versetzt ausgerechnet er, der angeblich so begabte Mime und Stolz seiner Mutter, mit seinem sprachlosen Auftritt das Publikum in eine noch größere Sprachlosigkeit. Das Gesicht der Mutter, die vor Scham am liebsten im Boden versinken würde, verfärbt sich erst weiß, bis sich im Kampf mit den Tränen eine Zornesröte breitmacht. Ihr Sohn, der noch vor Jahren mutig genug gewesen ist, um in der vollbesetzten Jahrhunderthalle als begeisternder Dirigent aufzutreten, bekommt nun, im fortgeschrittenen Alter, keinen Ton heraus, schweigt beharrlich, als würde er in einem Stummfilm auftreten.*

Das Klassenzimmer, in dem ich weniger schweigsam war, stellte einen in Grundschulen der damaligen Zeit üblichen Raum dar: die Schüler saßen auf Holzbänken, einer Kombination aus Schreibpult mit zwei Klappsitzen, mit eingebauten Tintenfässern, in drei Reihen mit je einem Gang dazwischen angeordnet. Jeder besaß einen Tornister, in dem sich Schulbücher, Hefte und ein Federhalter, in der ersten Klasse eine Schiefertafel mit Griffel und Schwamm befanden. Die Wände ringsum zierten große Tafeln, auf denen mit Kreide geschrieben wurde, diverse Landkarten und Schaubilder zum Beispiel mit botanischen und zoologischen Darstellungen. Auch Parolen mit sozialistischem Inhalt sowie ein Portrait des amtierenden Staatsratsvorsitzenden durften nicht fehlen.

*Dass er auch anders kann, als nur schweigend auf einer Bühne zu stehen, beweist er in der Klasse, wo er sich als mutiger Schütze hervortut, der sich vor einer Bestrafung durch seine Lehrer nicht fürchtet, wenn er etwas Verbotenes angestellt hat. Soviel sei schon vorweg gesagt: politisch motiviert sind seine Taten, hin und wieder das Bild des Staatsratsvorsitzenden als Zielscheibe zu benutzen, ganz gewiss nicht. Denn von dem, was die Mitglieder der Sozialistischen Einheitspartei treiben, versteht der jetzt Neunjährige noch herzlich wenig. Vielmehr ist es Ulbrichts Gesicht, das ihn reizt. Auf jeden Fall muss die Mutter von Zeit zu Zeit bei der Klassenlehrerin antanzen, um auf das Fehlverhalten ihres Sohnes hingewiesen zu werden. Und jedesmal muss sie versichern, dass zu Hause nicht über den Mann gesprochen wird, dass sie aber dem Sohn gründlich die Leviten lesen würde.*

Neben der russischen Sprache fand ich an der Musik Gefallen, was sich schon in der Breslauer Jahrhunderthalle abgezeichnet hatte. Und weil der dafür zuständige Lehrer mein Talent erkannte und den Eltern empfahl, die musikalische Neigung zu fördern, kauften sie mir eine Violine. Auch an der speziellen Ausbildung zur Beherrschung dieses Instruments sollte es nicht mangeln. So wurde ein Mann als

Hauslehrer engagiert, der jetzt pensioniert, früher aber erster Geiger beim Leipziger Gewandhausorchester war. Die Fortschritte hielten sich jedoch in Grenzen, weil mein Ehrgeiz zu wünschen übrigließ. Immerhin reichte es für Auftritte bei Schulfeiern und Gottesdiensten. In den folgenden Jahren musizierte ich gemeinsam mit meinem Bruder, der mehr an Tasten als an Saiten Gefallen gefunden und deshalb das Akkordeonspiel erlernt hatte.

Eine große Leidenschaft war meine Briefmarkensammlung. Begonnen hatte alles mit ein paar alten Marken aus der Kaiserzeit und der Weimarer Republik. Sogar Exponate aus dem Dritten Reich samt Hitler-Porträt waren darunter. Es waren Geschenke eines älteren Mannes, der im Krieg erblindet war und von den mitfühlenden Eltern häufig eingeladen wurde. Mit der Zeit kamen Exemplare aus der DDR und dem Ausland hinzu – nicht nur aus den sozialistischen Bruderländern, auch aus Mexiko, wo mein in Halle lebender älterer Halbbruder, der uns gelegentlich besuchte, weitläufige Verwandtschaft seitens seiner Mutter besaß. Die Sammlung nahm mit der Zeit stattliche Ausmaße an, erfuhr eine deutliche Wertsteigerung. Es bereitete mir große Freude, wenn ich einen Briefumschlag erhielt – mit einer abgestempelten Marke darauf, über die ich noch nicht verfügte. Dann tauchte ich das Kuvert in eine mit Wasser gefüllte Schale und wartete, bis sich das Exemplar vom Papier gelöst hatte. Sobald es getrocknet war, wurde das gute Stück mit der Pinzette an der gewünschten Stelle des Albums abgelegt.

Für noch etwas konnte ich mich begeistern: für den Modellflugzeugbau. Im nahegelegenen Jugendheim der

FDJ wurden vor allem Segelflugzeuge maßstabgetreu nachgebaut. Meine Mitstreiter und ich wurden damit nicht nur vor Langeweile bewahrt, sondern lernten unter Anleitung gewissenhaftes Arbeiten. Ärger bekam ich jedes Mal wegen des blauen Halstuchs, das wir Jungen Pioniere tragen mussten. Entweder vergaß ich es umzubinden oder ich legte es einfach wieder ab. Das hatte natürlich sozialistische Predigten zur Folge. Genützt haben diese nicht.

Während der schönen Jahreszeit zog es mich, wie alle anderen Jungs, eher ins Freie. Ein beliebtes Rückzugsgebiet war der Goldkindstein, wo der Sage nach ein weibliches Wesen in güldenem Gewand lebte. Der Höhenzug oberhalb der Stadt war dicht bewaldet, die Bäume luden zum Klettern geradezu ein. Auch Räuber und Gendarm wurde oft gespielt, konnte man sich doch hinter den dicken Stämmen gut verstecken. Und was Bandenkriege betraf, fanden diese zwar selten statt, führten jedoch, wenn es dazu kam, zu Massenprügeleien zwischen den verfeindeten Gruppen, die nicht nur aus Marienberg, sondern auch aus der näheren Umgebung stammten.

Die Wochenenden verbrachte ich vom Frühjahr bis zum Herbst mit den Eltern und dem Bruder meistens in der Datsche mit dem Obst- und Gemüsegarten. Der Vater hantierte mit dem Spaten, grub die Erde um, aus der die Regenwürmer herauskrochen. Die Mutter war mit dem Anpflanzen von Kartoffeln, Kürbissen, Zuckerrüben, Tomaten und grünen Bohnen beschäftigt – natürlich alles in kleinen Mengen, mehr ließ die begrenzte Fläche nicht zu. Am interessantesten war die Erntezeit, wenn vor allem die Kartoffeln und Zuckerrüben reif waren. Erstere verarbeitete die Großmutter zu Kartoffelpuffern oder Klößen, aus den Rüben kochte sie einen köstlichen Sirup, den ich am liebsten mit dem Löffel aß. Was den Obstanbau anging, wurden vor allem Johannis-, Stachel- und Himbeeren bevorzugt. Probleme mit uns Kindern, die mit Vorliebe auf dem Gelände herumtollten, gab es nur, wenn wir auf die frisch angelegten Beete traten und das Saatgut zertrampelten.

Mehr Unfug stellten wir an, wenn es statt in die Datsche an den Teich ging, wo der Vater Karpfen ausgesetzt hatte, oder an die Flöha, in der es von Forellen wimmelte. Als Transportmittel diente die Eisenbahn. Vom Marienberger Bahnhof aus starteten wir dann – mit Vaters Angelausrüstung und einem Picknickkorb im Gepäck. Unter Volldampf, schwarze Rauchschwaden hinter sich herziehend, und lautem Pfeifen, das vor jedem Bahnübergang ertönte, ratterte die Lokomotive, mit zwei äußerlich leicht ramponierten Abteilwagen im Schlepptau, über die Gleise. Wir fuhren entweder nur bis Pockau, wo wir in einen Bus umstiegen, um an den Teich zu gelangen, oder aber weiter bis Flöha, wo wir uns zu Fuß auf den Weg zur Mündung des gleichnamigen Flusses in die Zschopau machten.

Diesmal war die Mündung der Flöha in die Zschopau an der Reihe. Nicht weit vom Zusammenfluss entfernt, wählten wir unseren Rastplatz. Der Vater machte sein Angelgerät startklar und befestigte einen der mitgebrachten Köder am Haken. Die Mutter packte die belegten Brote, eine Thermosflasche mit heißem Kaffee und eine Kanne Milch aus. Und wir Kinder spielten am Ufer der Zschopau, wobei wir mit Vorliebe Steine in den Fluss warfen. Diesen

Unfug ließen wir auch nicht bleiben, als der an der Angelschnur befestigte Schwimmer samt Köder längst auf dem Wasser umher tanzte und darauf wartete, dass ein Fisch anbiss. Genervt ermahnte uns der Vater.

*Der Ältere kommt jetzt auf die Idee, unmittelbar am Zusammenfluss der beiden Gewässer sein Unwesen zu treiben. Dabei tritt er versehentlich in ein Nest voller Erdwespen, die, in ihrer Ruhe gestört, aus dem Loch herauskriechen, den in Panik Fliehenden von allen Seiten angreifen und ihn ausgerechnet bis zur Landspitze verfolgen, wo es kein Entrinnen mehr gibt. Glücklicherweise ist der Wasserstand derart niedrig, dass er ein Fußbad in Kauf nehmen kann. Das schützt ihn allerdings nicht davor, von insgesamt sechs der aggressiven Biester gestochen zu werden. Erst als sich der Schwarm wieder verzogen hat und in sein Nest zurückgekehrt ist, traut er sich aus dem Wasser, das die meisten Wespen offenbar gescheut haben. Tapfer, aber bleich vor Schreck und ein wenig winselnd, läuft er auf die Mutter zu, die ihn, nachdem sie den Vorfall beobachtet hat, bereits erwartet, die sechs Stachel entfernt und die Einstichstellen mit Milch behandelt.*

Schon früh packte mich das Fernweh. An einem schwülwarmen Sonntag beschloss ich, mich auf Schusters Rappen zu begeben, ohne den Eltern mein Vorhaben zu verraten. Mit kurzer Hose, nacktem Oberkörper und barfuß machte ich mich auf den Weg nach Wolkenstein. Welche Richtung ich einschlagen musste, wusste ich. Ob ich mit der Streckenführung insgesamt zurechtkam oder gar die Entfernung halbwegs realistisch eingeschätzt hatte, wusste ich hingegen nicht. Ich ließ es einfach darauf ankommen. So lief ich denn munter drauflos – in der Hoffnung, das angestrebte Ziel früh genug zu erreichen, um rechtzeitig wieder daheim zu sein.

*Die Tour führt ihn zunächst am Marktplatz vorbei, dann durchs Zschopauer Tor hindurch bis ins nordwestlich gelegene Lauta, von dort weiter in Richtung Zschopau und schließlich an der nächsten Kreuzung links ab über Hilmersdorf nach Wolkenstein. Ein stattliches Pensum, das ihm die ersten Blasen an den Füßen beschert – abgesehen davon, dass barfuß laufen auf dem heißen Pflaster nicht unbedingt ein Vergnügen ist. Dafür wird er mit dem Schloss entschädigt, das einen verträumten Eindruck auf ihn macht, und von dem aus er bis hinunter ins Zschopautal blicken kann. Als Rückweg wählt er die kürzere, direkt nach Marienberg führende Straße. Unterwegs will ihn der Fahrer eines Wagens mitnehmen – übrigens das einzige Auto, das ihm während seiner Wanderung begegnet. Aber er will die ganze Strecke zu Fuß zurücklegen. Hätte er das Angebot lieber angenommen, denn augenblicklich fängt es zu regnen an. Als wäre der plötzliche Wetterumschwung nicht schon unangenehm genug, setzen jetzt auch noch Blitz und Donner ein, was ihn allein aus Furcht vor der Naturgewalt zu einem höheren Tempo zwingt. Allen Widrigkeiten zum Trotz, erreicht er sein Ziel unversehrt. Erschöpft, aber strahlend wie ein Triumphator, der von einer siegreichen Schlacht zurückkehrt, zieht er in die ihm vertraute Bergstadt ein. Nur der Jubel fehlt, der einem Feldherrn zuteil geworden wäre. Stattdessen kommt ihm ein Polizeifahrzeug entgegen, mit zwei Uniformierten auf den Vordersitzen und den Eltern auf der Rückbank. Erleichterung macht sich in allen vier Gesichtern breit, Freude darüber, dass dem Globetrotter, von dem sie glaubten, dass er ausgerissen war, nichts passiert ist. Schluchzend, aber überglücklich, schließt die Mutter ihren Sohn in die Arme. Als die Drei endlich heimkehren, ist die ungedul-*

*dig wartende Großmutter so in Rage, dass sie ihrem Enkel spontan eine Ohrfeige verpasst. Dann drückt auch sie den Abenteurer an sich.*

Auch der Winter hatte seine Reize, wenn der Schnee so hoch war, dass sich ganze Berge vor den Haustüren auftürmten. Die leicht abschüssige Straße, die bis ins Tal hinunter führte, wo es nicht mehr weit bis zum Bahnhof war, bot sich für Rodelpartien durchaus an. Noch steiler war allerdings die Strecke, die vom Goldkindstein herunterkam und den Schlettenbach überquerte. Das Gewässer, an dem früher die Gerber ihrer Tätigkeit nachgingen, konnte sich nach der Schneeschmelze in einen reißenden Fluß verwandeln. Wenn mein Bruder und ich diese Alternative wählten, kam es nicht selten vor, dass einer von uns mit dem Schlitten im Wasser landete und nicht nur nasse Füße bekam. Die ängstliche Mutter, die wegen der Unterkühlung eine Erkältung oder gar eine Lungenentzündung befürchtete, war dann jedesmal außer sich und hielt eine ordentliche Standpauke. Genützt hat es nur für den laufenden Winter. Im nächsten Jahr wiederholte sich das Szenarium garantiert.

\*

Bedingt durch Vaters Tätigkeit als Buchhalter in der Miederwarenfabrik war dieser gewissermaßen ein Vertrauensmann des Inhabers. Umso gefährlicher wurde es für ihn, als sein Chef über Nacht verschwunden und mitsamt der Familie in den Westen geflohen war – für die gesamte Belegschaft ein Schock. Die Staatssicherheit war misstrauisch geworden und sammelte Material gegen ihn, was dadurch erleichtert wurde, dass der im Betrieb arbeitende und im selben Mietshaus wohnende Meister gegen den Vater intervenierte. Er drohte ihm und der ganzen Familie sogar, auf alle Fälle verhindern zu wollen, dass wir uns aus dem Staub machten.

*Der Vater ist, wie so oft in seinem Leben, wenig entschlussfreudig und spielt die Sache herunter. Er zweifelt daran, dass ihm, einem ehrbaren Bürger, der sich nichts hat zu Schulden kommen lassen, irgend jemand ans Leder will. Die Mutter hingegen, die das Spiel der linientreuen Bürokraten und des nebenan wohnenden Denunzianten längst durchschaut hat, drängt zur Flucht. Sie ist bereit, nochmals alles zurückzulassen, um ein neues Leben im Westen anzufangen. Mit erstaunlicher Nervenstärke, die sie in alltäglichen Situationen eher vermissen lässt, schmiedet sie einen raffinierten Plan, mit dem sie dem gesamten SED-Kader ein Schnippchen schlagen will. Der Vater soll am Sonnabend, wie er dies häufig tut, gleich früh mit dem ersten Zug zum Angeln an seinen Karpfenteich fahren – nur als Ablenkungsmanöver, um später von dort aus nach Ost-Berlin nachzukommen. Sie selbst will erst am Vormittag mit den Kindern und der Großmutter den Zug nehmen, um angeblich den Stiefsohn in Halle zu besuchen. Vorsichtshalber setzt sie ihn per Telegramm davon in Kenntnis. Später, sobald sie in West-Berlin in Sicherheit sind, würde er die Wahrheit vom Onkel im Ostteil der Stadt erfahren. Nur mit viel Geduld und Überzeugungsarbeit gelingt es ihr schließlich, den Vater umzustimmen.*

Wir nahmen den Zug nach Flöha. Die Strecke war uns von den Angeltouren her bekannt. Großes Gepäck hatten wir nicht dabei – keine Koffer, die nur Verdacht erregt hätten, stattdessen eine Tasche mit den wichtigsten Papieren in einem Seitenfach und Verpflegung für unterwegs. Das Notwendigste zum Anziehen trugen wir am Körper – keine allzu warmen Sachen, was an diesem Tag im Mai erst recht aufgefallen wäre. Auch ich musste alles zurücklassen: die Violine, die Briefmarkensammlung, zwei Modellflugzeuge und meinen Teddybär.

*Sie sitzen allein im Abteil, als sie den Bahnhof Marienberg verlassen. Der Schaffner kommt und knipst ein paar Löcher in die Fahrscheine. "Umsteigen in Flöha" murmelt er nur und verschwindet wieder. Der Bruder nervt mit seinen ständigen Fragen wie "Wohin fahren wir?" und "Warum fahren wir weg?". Mutter und Großmutter deuten wiederholt mit dem Zeigefinger auf dem Mund an, dass er still sein soll. Aber das gelingt jedes Mal nur für einige Minuten, dann geht die Fragerei von Neuem los. "Wo ist Papa?" und "Warum ist Papa nicht mitgekommen?" lauten die weiteren Fragen seines unerschöpflichen Repertoires. Die Genervten atmen erst auf, als sie das Schild "Flöha" erblicken. Der Personenzug fährt langsam in den Bahnhof ein und hält. Sie steigen nacheinander aus und auf dem gegenüberliegenden Gleis in den bereits wartenden Schnellzug nach Ost-Berlin ein, kämpfen sich durch die überfüllten Gänge, bis sie schließlich den Wagen mit den bis Leipzig reservierten Plätzen erreichen. Minuten später ist es so weit. Der Bahnhofsvorsteher hebt die Kelle und pfeift, die Dampflokomotive, mit mehreren Abteilwagen im Gefolge, pfeift zurück und setzt sich in Bewegung. Der Mutter und der Großmutter treten einzelne Schweißperlen auf die Stirn – nicht allein wegen der Mittagssonne, die erbarmungslos durch die Wagenfenster eindringt, eher wegen der Sorge, dass die Flucht noch scheitern könnte. Doch es bleibt ruhig. Der etwas freundlichere Schaffner tut nur seine Pflicht. Verdächtige Fahrgäste, hinter denen Spitzel stecken könnten, werden in der Nähe des Abteils nicht gesichtet. Die Mutter atmet auf, dass bis jetzt alles glimpflich verlaufen ist – wohl wissend, dass man den Tag nicht vor dem Abend loben sollte. Dann packt sie den Proviant aus und verteilt die belegten Brote. Auch Tee und Saft hat sie mitgenommen. Als alle gesättigt sind, aber nach wie vor ein Wechselbad der Gefühle durchleben, zwischen ständiger Angst, ungewisser Zukunft und vom Braunkohlentagebau verschandelter Landschaft hin und her gerissen werden, schläft der Bruder ein und erspart dem Rest der Familie weitere Fragen. Über Karl-Marx-Stadt fährt der Zug zunächst bis Leipzig. Im Kopfbahnhof der Messestadt steigen sie nicht nach Halle um, sondern lösen eine Fahrkarte nach Ost-Berlin. Der Aufenthalt fällt allein dadurch länger aus. Dann begeben sie sich mit dem nächsten Zug auf die letzte Etappe. Unterwegs bleibt es ruhig. Erst auf dem letzten Abschnitt, in Luckenwalde, betritt ein hagerer Mann das Abteil – mit kurz geschorenen Haaren, einer Sonnenbrille, hinter der er seine Augen zu verstecken scheint, und einer Narbe auf der rechten Wange. Er lässt sich neben der Abteiltür nieder und mustert seine Mitreisenden. Der Bruder schläft zum Glück erneut. Auch die Großmutter ist eingenickt. Die Mutter bekommt es mit der Angst zu tun, versucht sie aber zu verbergen. Er, der ältere Sohn mit seinen zwölf Jahren, ist noch zu unbedarft, um eine solche Situation mit einer realen Gefahr zu verbinden. Er wendet sich von dem Mann einfach nur ab, weil er ihn unsympathisch findet, und schaut beharrlich durch das Fenster nach draußen. Endlich in Ost-Berlin angekommen, erweist sich die ganze Panik als unbegründet. Der Onkel, den der Vater frühzeitig informiert hat, holt sie auf dem Bahnsteig ab. Der Fremde hingegen eilt schnurstracks zum Ausgang und taucht in der Menschenmenge unter.*

Auch der Vater hatte in der Frühe den Zug nach Flöha genommen, stieg aber bereits in Pockau aus. Dort nahm er den Bus bis zu seinem gepachteten Teich. Er hatte nur seine Angelausrüstung dabei. Eine Stunde lang tat er so, als würde er nach Karpfen fischen. Als er sicher war, dass ihm niemand gefolgt war, packte er seine Sachen wieder zusammen und wartete auf den nächsten Bus zurück nach Pockau. Er hatte Glück. Er erreichte nicht nur den Bus, sondern auch den nächsten Zug nach Flöha.

*Am Ziel angekommen, muss er einen längeren Aufenthalt in Kauf nehmen, bis der Anschlusszug nach Dresden fährt. Noch fällt ihm kein Verdächtiger auf, der ihm nachzuspionieren scheint. Dann endlich kommt der Schnellzug, bringt ihn zügig in das ehemalige Elbflorenz, in dem acht Jahre nach Kriegsende noch längst nicht alle Trümmer beseitigt sind. Die in der Altstadt wieder aufgebauten Häuser sind zwar bewohnt oder mit Geschäften, meist HO-Läden, belegt. Den überwiegenden Teil der Einwohner, die den Krieg überlebt haben oder als Flüchtlinge hergekommen sind, hat man aber in Neubauten am Stadtrand angesiedelt. In Dresden wählt er nicht den direkten Weg nach Ost-Berlin, sondern den Umweg über Senftenberg, wo er noch rasch seine alte Mutter besuchen will. Der Aufenthalt in der Stadt an der Elbe dauert allerdings länger, weil der fahrplanmäßig erst in einer Stunde fahrende Zug zu allem Übel auch noch Verspätung hat. Doch nach eineinhalb Stunden ist es mit dem nervenaufreibenden Warten vorbei. In Senftenberg steigt er aus und begibt sich eilends zu seiner Mutter, die in Bahnhofsnähe in einem ziemlich heruntergekommenen Haus wohnt. Der Besuch ist kurz, kann nur kurz sein, will er zeitlich nicht noch Schwierigkeiten bekommen. Der Abschied fällt beiden schwer – in der traurigen Gewissheit, sich wohl nie mehr wiederzusehen. Auf ein Treffen mit seinem Sohn aus erster Ehe musste er schon von vornherein verzichten. Dazu blieb ihm keine Zeit mehr. Auch das schmerzt ihn gewaltig. Die letzte Strecke nach Ost-Berlin fährt er über Lübbenau im Spreewald. Das kostet zusätzliche Zeit. Immerhin kann er froh sein, ohne unliebsame Verfolger der Staatssicherheit in der Hauptstadt der DDR einzutreffen. Und wieder ist es der Onkel, ein Vetter des Vaters, der ihn auf dem Bahnsteig abholt. Die Familie hat er sicherheitshalber daheim gelassen.*

Noch am Abend desselben Tages machten wir uns in Begleitung der überaus hilfsbereiten Verwandtschaft auf den Weg zur S-Bahn-Haltestelle am Ostkreuz. Wir warfen einen letzten Blick auf den Ostteil der Stadt. Die schwieriger werdenden Verhältnisse, was Versorgung und Bewegungsfreiheit gleichermaßen betraf, erleichterten uns den Abschied von einem Land, dem täglich mehr Menschen den Rücken kehrten. Die letzte Umarmung der Verwandten erfüllte uns mit Traurigkeit. In diesem Augenblick kam der Zug. Wir bestiegen einen der hinteren Wagen und winkten Vaters Vetter und seiner Frau ein letztes Mal zu. Dann ertönte das Signal zur Abfahrt und der Zug rollte gen Westen.

*Mutter und Großmutter finden einen Sitzplatz und nehmen den Jüngeren, der diesmal keine Fragen stellt, auf den Schoß. Der Vater und er bleiben stehen. Die Fahrt über eine Reihe von Stationen, unter anderen über die Drehkreuze "Alexanderplatz" und "Friedrichstraße", zieht sich trotz des rasanten Tempos hin. Und immer wieder schweifen die Blicke der drei Erwachsenen hin und her, versuchen eine mögliche Gefährdung aus den Gesichtern der Passagiere herauszulesen – in der ständigen Angst, dass ihre Flucht in den Westen auf den letzten Metern noch scheitern, ein Spitzel sie verraten, ein Vopo sie aus dem Waggon herausholen und ihren Traum von der Freiheit zunichtemachen könnte. Die Angst legt sich erst, als der Zug den Lehrter Bahnhof erreicht und ihnen bewusst wird, dass sie tatsächlich in West-Berlin angekommen sind. Das letzte Stück bis zum Zoologischen Garten, wo sie von Vaters Bruder abgeholt werden, können sie nun wesentlich entspannter zurücklegen.*

Die Erleichterung war den Eltern und der Großmutter anzusehen. Den Arbeiter- und Bauernstaat hatten sie hinter sich gelassen, die Freiheit buchstäblich zu spüren bekommen. Keine Spitzel mehr, die mit Argusaugen über die Bürger wachten; keine Volkspolizisten mehr, die unliebsame Personen einfach festnahmen; nichts von alledem. Der Mief des eingesperrt sein war verflogen, die Luft des Freiseins ließ sich unbeschwert einatmen. Ein herrliches Gefühl. Vom Wohlstand auf der anderen Seite der Demarkationslinie ganz zu schweigen: die Geschäfte prall gefüllt mit allem, was das Herz begehrte; die Leute nicht nur anders gekleidet, sondern auch mit einem anderen Lächeln im Gesicht; die Straßen voller Leben, mit einem Sammelsurium an Menschen und fahrbaren Untersätzen; ein einziges lebendiges Gemälde, wie es die alten Meister nicht besser hätten malen können.

Was jetzt noch fehlte, war Vaters älterer Bruder, der schon seit Jahren im Westen der geteilten Stadt lebte und vom Vetter in Ost-Berlin über die Ankunft seiner Verwandtschaft informiert worden war. Irgendwann tauchte er auf – etwas größer als der Vater, mit einem ansehnlichen Bauch, den er genüsslich vor sich herschob, als wollte er uns das Wirtschaftswunder des Kapitalismus demonstrieren. Der Empfang war eher distanziert, nicht herzlich, wie unter Brüdern eigentlich üblich, die sich seit Jahren nicht mehr gesehen haben. Immerhin bemühte er sich, eine gewisse Kinderfreundlichkeit zu zeigen, indem er uns, seinen beiden Neffen, über die Haare strich. Dann nahm er aus seinem Portemonnaie zwei Münzen und drückte jedem von uns eine in die Hand. Es waren Zwei-Mark-Stücke, die er wohl besser behalten hätte. Wir bedankten uns zwar höflich, denn wir konnten nicht wissen, was das Geld wert war. Die Eltern aber und die Großmutter, die nach der Flucht völlig mittellos waren, verzogen nur das Gesicht. Sie kannten den alten Geizhals noch aus früherer Zeit. Und sie wussten aus Schilderungen anderer Verwandter, dass seine Knickrigkeit sogar so weit ging, dass er selbst den Abfall von Obst, aus dem er Marmelade machte, noch irgendwie für den Verzehr verarbeitete. Erstaunlich war, dass er es überhaupt für nötig befand, die Familie seines Bruders noch ins Auffanglager zu begleiten. Das war es aber auch schon. Von diesem Tag an wurde er nicht mehr gesehen.

*Mutter und Großmutter werden mit dem Bruder in einem Wohnblock des neu eingerichteten Notaufnahmelagers einquartiert. Bedingt durch den zunehmenden Flüchtlingsstrom müssen der Vater und er als der Ältere mit einer in der Nähe befindlichen, stillgelegten Maschinenhalle vorliebnehmen. Der Tag ist nicht das Problem, halten sie sich doch überwiegend außerhalb des Geländes auf – nicht nur in Marienfelde, auch in Mariendorf mit seiner Trabrennbahn und in*

*Tempelhof, von dessen Flughafen sie demnächst nach Westdeutschland ausgeflogen werden. Die Nacht macht ihnen zu schaffen, wenn es draußen dunkel wird und nur noch eine Notbeleuchtung eingeschaltet ist; wenn sie auf der Matratze liegen, auf dem harten Betonboden, zum Hallendach hinaufschauend, links und rechts von den Maschinen eingerahmt. Dann sehnen sie sich nach ihrem Bett, das sie in Marienberg zurücklassen mussten. Nur die fast sommerlichen Temperaturen und die Aussicht auf baldige Ausreise aus West-Berlin, wo sie rundum von der ungeliebten DDR eingekesselt sind und sich irgendwie bedroht fühlen, machen ihre Lage einigermaßen erträglich.*

## Ein trautes Heim

Der Flug von Berlin-Tempelhof nach Hannover-Langenhagen verlief ohne besondere Vorkommnisse – außer, dass sich etliche Passagiere übergeben mussten, reihenweise die vom Flugpersonal bereitgestellten Kotztüten füllten, was bei den unruhigen Flügen der alten Propellermaschinen nicht ungewöhnlich war. Ich selbst hatte keine Probleme, bewies damit schon in dieser frühen Lebensphase, dass ich weitgehend flugtauglich war.

Von Hannover ging es weiter mit der Bahn nach Kempten im Allgäu, wo wir erneut in einem Flüchtlingslager aufgenommen wurden. Dort gefiel es uns Kindern zwangsläufig besser, lebten wir doch am Rande der Stadt, umgeben von Wiesen mit Büschen und Tümpeln, auf der Jagd nach Maikäfern und Fröschen. Erinnerungen an Marienberg wurden in uns wachgerufen, an die Natur, in der wir uns wohlfühlten, auch wenn die Stadt hier größer und nicht so überschaubar war.

Um dem für die Eltern eher tristen Alltag im Lager zu entkommen, besuchten sie mit uns am Fronleichnamstag die weit über die Stadt hinaus bekannte Prozession, die von der St.-Lorenz-Basilika aus starten und durch Teile der Altstadt ziehen sollte. Über dieses Fest der katholischen Kirche wussten wir als Angehörige der evangelischen Religion herzlich wenig, zumal wir mit den Bräuchen der Katholiken in der DDR nie in Berührung kamen. Erst später erfuhren wir, dass das Fest zu Ehren Jesu gefeiert wurde –

im Gedenken an die leibliche Gegenwart des Herrn in der geweihten Hostie.

*Nach und nach füllen sich die Straßen und Gassen mit Menschen, die aus allen Himmelsrichtungen gekommen sind, nicht nur mit Gläubigen, sondern auch mit Schaulustigen, die als Touristen in der Stadt oder der näheren Umgebung weilen und sich dieses Ereignis nicht entgehen lassen wollen. Dann endlich ist es soweit. In Gewänder gekleidet gehen ein paar junge Männer voran. Der Priester, in vollem Ornat und mit der Monstranz in der Hand, folgt unter einem Baldachin. Ein ganzes Gefolge von gläubigen Katholiken, vermutlich treuen Gemeindemitgliedern, bildet den Rest der Prozession. Diejenigen unter den Gläubigen, die nicht mitpilgern, sondern am Wegesrand zuschauen, fallen beim Vorübergehen des Priesters und dem Anblick der geweihten Hostie auf die Knie und beten. Der neben seinen Eltern ausharrende Zwölfjährige weiß gar nicht, wie ihm geschieht, als ihn eine alte Frau plötzlich von hinten zu Boden drücken will, um ihn zum Gebet aufzufordern. Die Mutter reagiert empört, hat sie, die selbst streng gläubig ist, doch so etwas noch nicht erlebt. Der Vater, der es mit der Religion nicht so genau nimmt, schüttelt nur den Kopf. Er aber, der dem fanatischen Angriff widerstanden hat, lacht nur und streckt der Alten die Zunge heraus.*

Die letzten Stationen unserer Reise in eine neue Welt waren Rheine nahe der holländischen Grenze und Bochum, die Stadt im Ruhrgebiet. An beiden Standorten mussten wir noch einmal in Flüchtlingslagern ausharren, aus Großküchen unsere Essensrationen beziehen und auf Feldbetten die Nächte verbringen. Doch die Aussicht auf einen Neuanfang in Freiheit, auf ein Leben in bescheidenem Wohlstand, auf eine hoffentlich sorgenfreie Zukunft machte uns allen Mut.

*Die Ankunft in Bochum lässt allerdings keine Freude aufkommen. Der Anblick der Stadt im Kohlenpott ist trostlos. Noch immer sind nach fast hundertfünfzig Luftangriffen die Spuren des Krieges deutlich zu erkennen – auch wenn mittlerweile viele der zerstörten Häuser wieder aufgebaut wurden. Vor allem im Zentrum, das rund um Rathausplatz und Probsteikirche größtenteils in Trümmern lag, ragen hier und da Ruinen heraus, die wie Mahnmale an die schrecklichen Ereignisse erinnern. Auch die Industrieanlagen, vornehmlich der Eisenerzeugung und -verarbeitung sowie des Steinkohlenbergbaus, wurden erheblich in Mitleidenschaft gezogen. Weitaus schlimmer als die zerbombten Häuser, in deren stehengebliebene Fassaden kaum ein Lichtstrahl eindringt, ist der triste Grauschleier, der sich über der Stadt ausbreitet. Die Folge ist, dass weiße Wäsche auf der Leine nicht lange weiß bleibt, und, sobald ein weißes Hemd nur einen Tag getragen wurde, das ursprüngliche Weiß am Kragen durch den vom Himmel gefallenen Ruß nicht mehr zu erkennen ist. Unabhängig davon stört den Heranwachsenden die Stadt schon deshalb, weil er sich nicht, wie in Marienberg, auf bewaldete Höhen zurückziehen kann, um auf Bäume zu klettern, oder, wie in Kempten, auf Wiesen tummeln kann, um Maikäfer und Frösche zu fangen. Alles in allem hat er kein gutes Gefühl, wenn er daran denkt, an diesem Ort möglicherweise viele Jahre seines Lebens verbringen zu müssen.*

\*

Immerhin hatte das ungeliebte Lagerleben bald ein Ende. Die erste zugewiesene Wohnung befand sich im Nordosten der Stadt, die zweite, die zugleich Endstation für uns war, im Südosten. Beide Behausungen zeichneten sich durch eine gewöhnungsbedürftige Enge aus, letztere zumindest so lange, wie wir Söhne uns dort aufhielten. Die Häuser mit je sechs Wohneinheiten standen in einer Neubausiedlung, deren ringförmig angelegte Straßen nach den Widerstandskämpfern im Dritten Reich benannt wurden. Einzige Möglichkeit zum Luftschnappen, vom Öffnen der Fenster abgesehen, bot der kleine Balkon, auf dem sich maximal drei Personen gleichzeitig aufhalten konnten. Beheizt wurden die Räume in den Anfangsjahren mit Steinkohlenbriketts, die in Eimern aus dem Keller nach oben geschleppt und in Einzelöfen verfeuert wurden. Im Gegensatz zu anderen Bewohnern mussten unsere Eltern den Brennstoff nicht bezahlen. Ein befreundetes Ehepaar – der Mann war Steiger bei einer der damals noch zahlreichen Zechen – versorgte die Familie mit kostenloser Deputatkohle, verzichtete somit auf einen Anteil des eigenen Kontingents. Die auf der Straße vor dem Haus abgeladenen Briketts mussten mit Schaufeln durch das Kellerfenster bugsiert werden. Meistens wurden mein Bruder und ich zu dieser unbeliebten Arbeit verdonnert.

Der Vater arbeitete inzwischen als Buchhalter in einem Kaufhaus. Es verging noch ein ganzes Jahr, bis er endlich wieder in die Beamtenlaufbahn zurückkehren durfte – als Steuerinspektor bei einem der Finanzämter in Essen, wo er später sogar zum Oberinspektor befördert wurde. Anfangs betreute er die Finanzkasse, hielt sich hinter dem Schalter auf, zählte am Vormittag jede Menge Geldscheine der bar zahlenden Steuerpflichtigen, quittierte den Eingang und sorgte am Nachmittag für die ordnungsgemäße Verbuchung der Summen. Einmal besuchte ich ihn und musste mit Erstaunen feststellen, dass nur er emsig arbeitete, während die anderen quatschten, Kaffee tranken oder gar nicht anwesend waren – für den Vater eine peinliche Situation, stand er doch wie ein begossener Pudel vor mir da.

Immerhin reichte sein Beamtengehalt für den Erwerb des Führerscheins, ein Jahr später sogar für den Kauf eines neuen Autos. Jetzt war die Familie endlich mobil, konnte auf eigenen vier Rädern durch die Gegend fahren, ohne auf Bahn oder Bus angewiesen zu sein. Alle vier Wochen ging es zum Großeinkauf nach Winterswijk im benachbarten Holland – trotz der Grenz- und Zollkontrollen eine lohnende Tour, waren die Lebensmittel, die in begrenzten Mengen nach Deutschland eingeführt werden durften, doch wesentlich billiger als daheim.

Noch größer war die Begeisterung, wenn es in den Urlaub ging. Die schon damals üblichen Staus auf den überlasteten Straßen waren eine Folgeerscheinung des noch sehr dürftigen Autobahnnetzes. Im Wesentlichen kamen zwei Ziele für einen Tapetenwechsel in Frage: Schleswig-Holstein, wo ein Großteil von Großmutters Verwandtschaft lebte, und der Bodensee, wo den angelfreudigen Vater das fischreiche Wasser lockte.

Bei den Onkels und Tanten gab es immer viel zu lachen, war die Gastfreundschaft in jeder Minute zu spüren. Was für die damals noch lebenden Geschwister der Großmutter – eine Schwester und zwei Brüder – sowie die Cousinen und Cousins der Mutter zutraf, galt für die nächste Generation umso weniger. Deren Interesse an gleichaltrigen Verwandten wie meinem Bruder und mir hielt sich in Grenzen.

Was die Fahrten an den Bodensee betraf, war eine Unterkunft im Hotel zu kostspielig, weshalb Urlaub auf dem Bauernhof angesagt war. Die Zimmer entsprachen dem Standard jener Zeit. Die Landwirte verfügten nicht über das Einkommen, um notwendige Modernisierungsmaßnahmen durchführen zu können. Und die Gäste waren froh, wenn sie in schöner Umgebung in sauberen Betten schlafen und ausreichende Mahlzeiten zu sich nehmen konnten. Wichtig für uns war die Nähe zum See. Der Vater ging seinem Angelvergnügen nach. Der Rest der Familie lag in der Sonne oder badete. Dabei lernte ich ein junges Mädchen aus Tübingen kennen.

Welcher Teufel meinen Vater geritten hatte, als er die Mutter, die keinen Führerschein besaß, ans Steuer seines Wagens ließ, blieb wohl sein Geheimnis. Auf jeden Fall konnte sie ihn dazu überreden, eine Runde durch die Siedlung drehen zu dürfen.

*Schließlich geschieht, was zu erwarten war. Erst heult der Motor auf, weil sie zu viel Gas gibt, dann, nachdem sie die Handbremse gelöst hat, schießt der Wagen wie ein Torpedo über den Asphalt. In Panik reißt sie vor der nahenden Kurve das Lenkrad so weit herum, dass das Gefährt nicht auf der Straße bleibt, sondern auf die Rasenfläche gerät, dort den Boden umpflügt und nach etlichen Metern in den Büschen landet, wo der Vater das Fahrzeug erst durch das Ziehen der Handbremse und dann des Zündschlüssels zum Stillstand bringt. Kreidebleich steigen beide aus. Als sie wieder zu sich gekommen sind, wechseln sie die Seiten. Die Nachbarn, die angesichts des Lärms die*

*Fenster geöffnet und das seltsame Schauspiel verfolgt haben, verharren so lange in ihren Stellungen, bis der Vater den Wagen geborgen hat und in der Garage verschwunden ist. Die Mutter, der ihr Missgeschick peinlich ist, begibt sich rasch ins Haus. Dass später niemand die beiden angezeigt hat, grenzt an ein Wunder.*

Der Schaden hielt sich in Grenzen. Am Auto entstanden lediglich ein paar Kratzer, die von den Büschen herrührten. Und das Gras auf der von den Reifen zerfurchten Grünanlage wuchs mit der Zeit wieder nach. Aber eine Lektion hatte der Vater seit diesem Tag gelernt. Die Mutter ließ er nie wieder ans Steuer seines Wagens.

\*

Mein erstes persönliches Großereignis außerhalb der Schule war die Konfirmation. Der Pastor wollte mich anfangs gar nicht in die Gruppe der Konfirmanden aufnehmen, weil ich die ausgewählten Passagen im Katechismus nicht auswendig gelernt hatte. Erst auf mehrfaches Bitten der Mutter hin, die so viel Wert auf den kirchlichen Segen legte, gab er nach. Der folgende Gottesdienst zog sich erwartungsgemäß in die Länge. Am Ende wurde jeder Konfirmand mit einem Bibelspruch bedacht – ich zum Beispiel mit dem Auszug aus einem Psalm. Gefeiert wurde anschließend zu Hause: mit der Familie, der Patentante und dem befreundeten Ehepaar, das uns regelmäßig mit Kohle beglückte.

Schon bald schenkten uns die Eltern zum zweiten Mal eine Violine und ein Akkordeon. Von da an konnten wir getrennt oder gemeinsam üben, um die frühere Fertigkeit wiederzuerlangen, durften in der Kirche und in der Schule auftreten, musizierten dann und wann auch bei privaten Anlässen. Außer auf der Geige spielte ich noch auf einer Mundharmonika, die ich mir vom Taschengeld gekauft hatte. Sogar Gesangsunterricht nahm ich eine Zeit lang, liebäugelte mit der Laufbahn eines Tenors, sang bei einem bekannten Opernsänger vor, der mir Talent bescheinigte. Doch am Ende machte ich einen Rückzieher, war einfach zu faul, wollte mich nicht täglich stundenlang mit Stimmübungen schinden und ständig unterwegs sein, um mit Lampenfieber auf irgendeiner Bühne zu stehen. Dabei kam alles ganz anders. In meinem späteren Berufsleben sollte ich häufiger unterwegs sein als mir lieb war.

Und was die Bühne anging, landete ich, wenn auch nur vorübergehend, als Laienspieler bei der Theatergruppe *Kunstfreunde*. Dort trat ich in verschiedenen Stücken auf: als Jüngster des Ensembles natürlich nur in Nebenrollen, spielte in den Kammerspielen am Ostring unter anderem den Richter in Manfred Hausmanns *Der dunkle Reigen*, beim evangelischen Kirchentag in Dortmund einen Kumpel in Fritz Puhls *Alle Tage ist kein Sonntag* und in einem Gemeindehaus den Kammerdiener des Fürsten in Friedrich Schillers *Kabale und Liebe*. Im Gegensatz zu meinem einstigen Auftritt in der Marienberger Grundschule gab ich mir bei diesen Aufführungen keine Blöße.

Nach Violine und Akkordeon, von den Eltern noch als gebrauchte Musikinstrumente günstig erworben, überraschten sie uns eines Tages mit nagelneuen Fahrrädern. Voller Stolz drehten wir täglich unsere Runden. Damit umzugehen hatten wir schnell gelernt, fanden uns auch mit den Verkehrsregeln zurecht, was uns bei der angestrebten Führerscheinprüfung zugutekommen sollte. Den ersten größeren Ausflug unternahmen wir nach Hagen, wo wir einen Vetter des Vaters besuchten. Für noch größere Touren konnte ich meinen Bruder allerdings nicht gewinnen.

Der Erwerb des Führerscheins ließ nicht lange auf sich warten. Theorie und Praxis bereiteten mir keine Probleme, wenn ich auch die Kenntnis bestimmter Regeln für überflüssig hielt. Was interessierten mich die für einen Lastkraftwagen oder ein landwirtschaftliches Fahrzeug geltenden Vorschriften. Wichtiger war doch das Beherrschen des Straßenverkehrs mit einem Personenkraftwagen: Vorfahrt achten, vor dem Ausscheren blinken und den nachfolgenden Verkehr im Auge behalten, am Berg anfahren, rückwärts einparken und so weiter. Gerade mal fünf Fahrstunden saß ich am Steuer. Dann hielt ich den begehrten Lappen in Händen.

Eine weitere Station auf meinem Lebensweg blieb mir erspart: die Bundeswehr. Beim Militär zu dienen, in der halben Nacht zum Appell anzutreten, in Uniform und mit blank geputzten Stiefeln stramm zu stehen, dem Gebrüll des Spießes blind Folge zu leisten, bei Übungen im Gelände Schikanen über sich ergehen zu lassen, bei sengender Hitze oder strömendem Regen mit schwerem Gepäck marschieren zu müssen – das alles war mir schon vor der Musterung zuwider. Dabei wäre ich mit Tauglichkeitsgrad drei einberufen worden. Doch dieser Kelch ging an mir vorüber. Die begonnene schulische Weiterbildung bewahrte mich vor dem Einzug in die Kaserne. Jahre später war ich in Vergessenheit geraten, kam wegen Erreichens der Altershöchstgrenze endgültig mit einem blauen Auge davon.

Statt des Militärdienstes hatte ich gelegentlich andere Einsätze zu leisten. An manchen Abenden, wenn der Vater von seiner Arbeit am Finanzamt zurückkehrte, trank er gern noch ein, zwei Pils in der nicht weit von der Wohnung entfernten Kneipe. Dann schickte mich die Mutter, um ihn nach Hause zu holen.

*Er kann nicht verstehen, was seinen Erzeuger in die verräucherte Kaschemme treibt – auch wenn der Vater Raucher ist. Und er kann auch nicht nachvollziehen, warum Männer wie Pferde an einer Tränke um einen halbrunden Tresen herumstehen, um ihr Bier in sich hineinzuschütten – noch dazu zwischen Pils und Schnaps wechselnd, wie es im Kohlenpott üblich ist. Auf jeden Fall muss er den Vater dann in einem leichten Rauschzustand mit Geduld und gutem Zureden nach Hause schleppen. Erst sehr viel später begreift er, welchen Frust der Vater gehabt haben muss, nach zweimaliger Flucht ein drittes Mal von vorn anfangen zu müssen, die eigene Mutter und den Sohn aus erster Ehe, die drüben zurückgeblieben sind, nicht mehr wiedersehen zu können, von Ehefrau und Schwiegermutter gleichermaßen bedrängt zu werden, mit Rauchen und Trinken aufzuhören – den einzigen Freuden, die ihm in seinem fortgeschrittenen Alter noch geblieben sind. Noch immer klingen ihm die Worte in den Ohren, wenn ihm sein Vater schmunzelnd gestand, dass er zwar ein trautes Heim hat, sich aber nicht heimtraut.*

## Das Bild vom königlichen Kaufmann

Die Aufnahmeprüfung am Gymnasium hatte ich erfolgreich abgelegt, war durch die Flucht bedingt der Älteste in der Klasse und wurde zum Klassensprecher gewählt. Erstaunlich war die Tatsache, dass ich bis zur Quarta – von Latein und Englisch einmal abgesehen – von meinem in der Grundschule der DDR erworbenen Wissen profitierte. Den Klassenlehrer nahm ich mir zum Vorbild. Der verließ die Schule allerdings schon nach einem Jahr, um anderswo die Stelle eines Oberstudiendirektors anzunehmen. Mit den Klassenkameraden kam ich gut zurecht, wurde voll akzeptiert, bis auf einen, der den großen Max spielte, mich häufig provozierte, sogar handgreiflich wurde. Nach wochenlanger Zurückhaltung, den Pöbeleien stets aus dem Weg gehend, platzte mir irgendwann der Kragen. Die Prügel fielen so heftig aus, dass ich von diesem Tag an nie wieder von dem Großmaul belästigt wurde.

Trotz meiner Vorbildfunktion als Klassensprecher war ich alles andere als ein Musterschüler, der nicht nur mit Latein, Biologie und Chemie seine liebe Not hatte, sondern auch in Führung kein Waisenknabe war. Nicht dass ich ein Flegel war, der seine gute Kinderstube vermissen ließ. Ich störte nur häufig den Unterricht, weil mir so manches gegen den Strich ging. Die Lehrer kannten kein Pardon. Niemand in der Klasse wurde so oft ins Klassenbuch eingetragen wie ich. Dass ich mich damit auf höchst unrühmliche Art und Weise in den Annalen des Gymnasiums verewigte, schien mir in dieser Zeit nicht bewusst zu sein.

Für die Eltern, die meinen Dickkopf kannten, aber keinen Störenfried in mir vermuteten, war es jedes Jahr eine herbe Enttäuschung, wenn sie im Zeugnis lesen mussten, dass ich zwar vielseitig talentiert und überdurchschnittlich intelligent war, aber leicht zu Störungen neigte – abgesehen davon, dass auch die Noten in den einzelnen Fächern mehr oder weniger zu wünschen übrig ließen. Ich blieb zwar nie hängen, wie das im Pennäler-Jargon so schön heißt. Aber die Versetzung schaffte ich Jahr für Jahr nur mit Ach und Krach.

Vor allem den Drill, dem wir in Deutsch, Latein und Mathematik ausgesetzt waren, konnte ich nie vergessen. In Deutsch mussten wir zum Unterrichtsbeginn ein kurzes Diktat schreiben, um zu beweisen, dass wir Rechtschreibung und Interpunktion beherrschten. In Latein wurden Vokabeln im Eiltempo abgefragt, wechselnd zwischen Deutsch – Latein und Latein – Deutsch. Und in Mathematik galt es, Schnelligkeit im Kopfrechnen zu beweisen, mit einer Mischung aus Addition, Subtraktion, Multiplikation und Division von Zahlen des kleinen und großen Einmaleins. Wenigstens sorgten die übrigen Pauker für weniger Stress.

Ich war es nicht allein, der den Geschichts- und Geographielehrer mit Späßen malträtierte, die Innenklinke der Klassenzimmertür mit einem Feuerzeug solange bearbeitete, bis sie vor Hitze fast glühte. Auch meine Klassenkameraden konnten sich an diesem Unsinn erfreuen. Dafür kehrten wir liebend gern schon vorzeitig in den Raum zurück, noch bevor die Glocke läutete. Jeder von uns nahm in Kauf, dass die Arme bei dieser Ausdauer erfordernden

Arbeit irgendwann ermüdeten. Wichtig war für uns alle die Schadenfreude über die schmerzhafte Erfahrung des Paukers.

*Eines Tages ist wieder einmal der Augenblick gekommen, als der bedauernswerte Mann die Tür von außen öffnet, anschließend von innen schließt, erst aufschreit, dann die Klinke loslässt und spürt, dass er sich die Hand verbrannt hat. Der viel zu Gutmütige, der bei seinen Schülern bisweilen Mitleid erregt, steht fassungslos da – wohl darüber grübelnd, wie niederträchtig junge Leute doch sein können. Nachdem er sich einigermaßen gefangen hat, will er allen Ernstes wissen, wer der Übeltäter ist. Da eigentlich alle, zumindest fast alle an diesem Gaunerstück beteiligt waren, meldet sich natürlich niemand zu Wort. Die Folge ist, dass er sich nun seinerseits eine Bosheit ausdenkt, indem er Daten von historischen Ereignissen abfragt. So kommt, was kommen musste. Das Ergebnis der Befragung ist eine einzige Katastrophe. Und um die Unkenntnis seiner Schüler entsprechend zu dokumentieren, trägt er die betreffenden Noten in ein kleines Büchlein ein.*

Der Biologieunterricht gehörte zweifellos zu den Höhepunkten meines gymnasialen Lebens. Nicht, dass ich keine Freude an der Natur gehabt hätte. Ihre Vielfalt war es, die mich überforderte. Was interessierten mich die Namen von Sträuchern oder Insekten, die Entwicklung von Samen zu Pflanzen oder Raupen zu Faltern, die Anatomie von Pilzen oder Käfern. Das war mir alles zu wissenschaftlich. Die Fauna, zum Beispiel das Leben von Bienen- und Ameisenvölkern, vermochte wenigstens noch Neugier in mir zu wecken. Mit der Flora hingegen konnte ich herzlich wenig anfangen.

*Als wieder einmal der Tag naht, die Blumenbeete im Schulgarten zu inspizieren, fühlt sich der unfreiwillige Gärtner nicht recht wohl in seiner Haut. Gespannt wartet er auf die Jury, wie sie wohl reagieren und sein Beet beurteilen würde. Doch zunächst sind die anderen an der Reihe. Ein Ah und ein Oh hallt jedesmal durch die Runde, wenn eines dieser Prachtfleckchen bestaunt wird, das, liebevoll bepflanzt und von jeglichem Unkraut befreit, einen gepflegten Eindruck hinterlässt. Wie anders sieht es doch auf seinem verwilderten Territorium aus: es sind kaum Blumen zu sehen; die wenigen, die es gibt, sind bereits verwelkt; jede Menge Unkraut wuchert und beherrscht die Tristesse; ein übler Geruch macht sich breit, der eher an einen Misthaufen erinnert. Kopfschüttelnd stehen der Biologielehrer, ungläubig staunend die zur Beurteilung herangezogenen Klassenkameraden da, die sich sogleich mit Grausen abwenden und das Weite suchen.*

Eine willkommene Abwechslung für uns Schüler war der Sportunterricht. Im Winter wurde in der Sporthalle geturnt, im Sommer ging es auf den in der Nähe befindlichen Sportplatz. Beim Turnen wurde am Boden, am Barren, am Seitpferd, am Reck und an den Ringen geübt. In der Leichtathletik standen Kurz- und Mittelstreckenlauf, Hoch- und Weitsprung sowie Kugelstoßen auf dem Programm. Vor allem der Sport im Freien diente zum einen der Körperertüchtigung, womit die vom langen Schulbankdrücken müden Knochen in Schwung gebracht werden sollten, zum andern der Belebung des Geistes, wozu die Frischluftzufuhr ihr Scherflein beitragen konnte.

*Beim Turnen in der Halle ist er, der Klassensprecher, alles andere als eine Sportskanone. Am Reck und an den Ringen hängt er förmlich in den Seilen; am Barren und am Seitpferd besteht die Sorge, dass er sich das Genick bricht; und beim Bodenturnen bietet er eine Lachnummer nach der anderen. Steifer geht es einfach nicht mehr. Der Handstand bleibt Utopie, der Spagat gleicht einem Stechschritt und die Rolle vorwärts oder rückwärts endet in einem Purzelbaum.*

Besondere Vorsicht war geboten, wenn der Schulleiter den Deutschlehrer vertrat. In Windeseile betrat der kleine Mann, der im Krieg einen Arm verloren hatte und wegen seiner unangenehmen Art gefürchtet wurde, das Klassenzimmer. Und ehe sich die versammelte Mannschaft auf ihren Direktor einstellen konnte, befand er sich schon in seinem Element. Vor allem die Grammatik hatte es ihm angetan. Schüler, die er besonders auf dem Kieker hatte, wie zum Beispiel mich, mussten im Eiltempo Substantive deklinieren und Verben konjugieren. Und je schwerer sich die gewählten Wörter aussprechen ließen, desto mehr endeten die grammatischen Übungen in einem einzigen Gestammel. Am Ende des Unterrichts, wenn die Glocke ertönte, waren alle heilfroh, von diesem Ungeheuer erlöst zu werden.

*Richtig gefährlich wird es, wenn sich der kleine Mann mit dem einen Arm während der Stunde durch irgendwelche Mätzchen gestört fühlt. Dann verlässt er das Katheder, stellt sich mit verschränkten Armen in den Gang, geht schließlich in die Hocke, pickt sich ein Opfer heraus und befiehlt, ein Lied zu singen. Wer nicht singen kann, also keinen ordentlichen Ton herausbringt, darf getrost sein*

*Vaterunser beten. Er wird solange traktiert, bis sein Gesang, der den Tönen falsch gegriffener Saiten auf einer Violine gleicht, ein Gelächter auslöst. Wer dann am auffälligsten lacht, ist als nächster an der Reihe – mit der Gewissheit, dass ihm das Lachen im Halse steckenbleibt. Und wer sich gar erdreistet, wie der Klassensprecher, zu Ostern ein Weihnachtslied anzustimmen, dem verpasst er mit hochrotem Kopf eine deftige Ohrfeige, was ihn allerdings vor dem Weitersingen bewahrt.*

In den Ferien verdiente ich mir manchmal ein Taschengeld: entweder in der Landwirtschaft im nahen Ennepetal, wo ich bei der Kartoffelernte half – fast ständig in gebückter Haltung, um die Früchte vom Acker aufzulesen und in Körben zu sammeln; oder auf dem Bau, wo die Maurer mit Ziegelsteinen, die Schreiner mit Holzbalken und die Dachdecker mit Dachpfannen versorgt werden mussten. Alle diese Arbeiten waren mit körperlichen Anstrengungen verbunden, die ich als Pennäler nicht gewöhnt war.

Das Gymnasium schloss ich schließlich mit der Mittleren Reife ab, mit der Versetzung in die Obersekunda – allerdings mit einem Zeugnis, das in den meisten Fächern die Note *ausreichend* enthielt. Ich verließ die Höhere Lehranstalt, weil ich eine kaufmännische Laufbahn einschlagen wollte. Zudem wurde ich vom einarmigen Direktor mehr oder weniger hinauskomplimentiert, der mir prophezeit hatte, das Abitur sowieso nicht zu schaffen.

\*

Der Wechsel zur Höheren Handelsschule sollte mir mehr Freude bereiten. Zudem wurde ich dort nicht nur zum Klassen-, sondern auch zum Schulsprecher gewählt. Diese Ämter hatten jedoch ihre Tücken. Alles, was irgendwie mit Organisation zu tun hatte – wofür ich durchaus ein gewisses Talent besaß – blieb an mir hängen. Vor allem mein Klassenlehrer, mit dem ich mich gut verstand, betraute mich mit allen möglichen Aufgaben, die mich neben dem Unterricht und den Hausaufgaben zusätzlich belasteten.

*Immerhin ist er als Sprecher clever genug, den manchmal nicht zu umgehenden Unterrichtsausfall auf die Fächer zu konzentrieren, die ihm die meisten Schwierigkeiten bereiten. An der Spitze steht das Französische, was nicht daran liegt, dass er diese Sprache nicht mag, sondern dass bei der Aufnahme Vorkenntnisse verlangt wurden, über die er nicht verfügt. Nur dank des Entgegenkommens der Schulleitung ist auf die Erfüllung dieses Passus verzichtet worden. Im Laufe der Zeit begreift er jedoch, dass er den fehlenden Stoff nicht aufholen kann, weshalb er seine Sprecheraktivitäten bevorzugt auf dieses Fach verlegt. Der zuständige, offiziell längst pensionierte Lehrer bekommt sein Fernbleiben nur selten mit. Die Klassenarbeiten bleiben ihm dennoch nicht erspart. Und weil er den Stoff versäumt hat, schreibt er entweder bei seinem Nachbarn ab oder übergibt ein leeres Blatt Papier.*

Das Interessante an dieser Schule war der Bezug zur kaufmännischen Praxis. So fand unter anderem eine Besichtigung der Düsseldorfer Börse statt. Meinen Klassenkameraden und mir wurde ein Einblick in das Auf und Ab von Aktienkursen, in die Rangeleien zwischen Bulle und

Bär gewährt, wie die Börsianer die Berg- und Talfahrt der Notierungen nennen. Wir bekamen eine Kostprobe dessen geboten, was in die Kategorie *Tumulte* fällt – ein typisches Börsenklima, das vor allem dann, wenn die Profitgier eine Bruchlandung erlebt, zu beobachten ist.

Auch ein Rechenzentrum wurde besucht, das, trotz der damals geringen Speicherkapazität, ein umso gigantischeres Platzangebot erforderte.

*Der Blick in die Rechnerwelt beeindruckt den inzwischen Einundzwanzigjährigen. Der neben einem langen Flur befindliche Riesensaal besteht an beiden Längsseiten aus einer Vielzahl von nebeneinander aufgestellten Rechenautomaten sowie Geräten zum Lesen von Daten, die sich auf Magnetbändern, Lochkarten und Lochstreifen befinden. In der Mitte, vorn am Eingang, steht das Bedienungspult. Dahinter reihen sich Nadeldrucker aneinander, die Zeile um Zeile auf Endlospapier ausgeben, das sich Seite um Seite in einem davor aufgestellten Behälter automatisch zusammenfaltet. Ganze drei Mitarbeiter sind in dieser Datenverarbeitungsfabrik zu sehen. Einer sitzt am Bedienungspult und betätigt ein paar Tasten, ein zweiter spannt an einem der Nadeldrucker neues Endlospapier ein und ein dritter wechselt ein Magnetband gegen ein anderes aus. Gegen Ende der Besichtigung taucht ein Programmierer auf, der an einem der Rechenautomaten das Rechenwerk austauscht, um ein anderes Programm starten zu können. Ruhe strahlt dieser gewaltige Maschinenpark nicht aus. Ganz im Gegenteil. Die Geräuschkulisse ist derart laut, dass er die Erklärungen des für die Führung zuständigen Mitarbeiters kaum versteht. Bei den Rechenautomaten blinkt die Elektronik zwar geräuschlos, aber das Surren der Magnetbänder und vor allem das Rattern der Lochkarten und Lochstreifen beim Lesen der Daten sowie das Klopfen der Nadeldrucker verursachen einen ziemlichen Lärm.*

Das Rechenzentrum hatte mich trotz der negativen Begleiterscheinungen dermaßen fasziniert, dass ich mich mit der Datenverarbeitung näher befassen wollte. Also bewarb ich mich bei der Straßenbahngesellschaft um einen Ferienjob, bei dem es sich um die Teilnahme an einer Fahrgastzählung handelte.

*Morgens um halb vier muss er aufstehen, um auf der eingesetzten Linie die erste Straßenbahn um vier Uhr dreißig zu erreichen. Obwohl er alles andere als ein Frühaufsteher ist, kommt er pünktlich an einer der beiden Endstellen an. In einer Umhängetasche führt er einen Fahrplan der betreffenden Linie, ein paar Graphitstifte und jede Menge noch nicht gelochter Karten mit sich. Jeden zusteigenden Passagier muss er fragen, wohin er fährt. Dann markiert er mit dem Stift auf einer Karte die Nummer der Linie, die Stationen, wo er eingestiegen ist und wieder aussteigt, Datum und Uhrzeit der Abfahrt sowie das Geschlecht und das ungefähre Alter. Die Markierungen müssen exakt in der Mitte der aufgedruckten Felder erfolgen, sonst können die auszuwertenden Daten nicht korrekt gelesen werden. Jeden Tag ist er auf einer anderen Linie im Einsatz, wobei er die jeweilige Strecke zweimal hin und wieder zurückfährt. Die markierten Karten gibt er noch am selben Tag in der Hauptverwaltung ab, wo sie gelocht werden. Am Ende des Tages ist er fix und fertig. Was die Straßenbahngesellschaft damit bezweckt, ist ihm klar. Man will herausfinden, wie viele Angehörige eines Geschlechts und einer Altersgruppe mit welcher Linie welche Strecke an welchem Tag und zu welcher Uhrzeit zurücklegen. Statistik nennt man das.*

Bei der Verabschiedung der Schüler, die die Abschlussprüfung bestanden haben – einer Feier mit vorgetragenen Texten von Hermann Hesse, Hugo von Hoffmannsthal, Rudolf Hagelstange und Ernst Wiechert, mit musikalischen Einlagen am Klavier aus Werken von Ludwig van Beethoven und Johann Sebastian Bach, mit den Darbietungen eines Chores sowie den Ansprachen des Direktors und des Vorsitzenden der Schulpflegschaft – durfte ich als Klassen- und Schulsprecher die Festrede halten, in der ich das Bild vom königlichen Kaufmann prägte, der neben der wirtschaftlichen auch eine soziale Verantwortung zu tragen hat. An dieser Einstellung sollte sich zeit meines Lebens nichts ändern.

*

Im letzten Schritt meiner kaufmännischen Ausbildung musste ich eine Lehre durchlaufen – bei einem der Stahlwerke, das mir eine auf zwei Jahre verkürzte Einweisung in Theorie und Praxis ermöglichte. Die Theorie lernte ich in der Berufsschule, mit der Praxis sollte ich in einer Reihe von Abteilungen vertraut gemacht werden: mit den technischen Grundlagen zur Verarbeitung von Stahl in der Lehrwerkstatt, mit deren kaufmännischer Behandlung in den Abteilungen Verkauf, Statistik, Geschäfts- und Betriebsbuchhaltung sowie Gießerei.

Zunächst wurde ich mit einem Kuriosum konfrontiert – der zwangsweisen Aufnahme in die Gewerkschaft, was in der Montanindustrie üblich war. Auch gelernt hatte ich während meiner praktischen Ausbildung nicht allzu viel. Die Haupttätigkeit bestand aus Handlangerarbeiten, unter anderem dem Einkaufen von belegten Brötchen und dem Gießen von Blumen. Einziges Erinnerungsstück an diese Zeit blieb ein stählerner Hammer, den ich in der Lehrwerkstatt anfertigen musste. Bereits mit dieser Arbeit, die mir in der Gesamtnote nur ein *befriedigend* einbrachte, war mir klar geworden, dass ich mich als Handwerker nicht eignete und das Büro die bessere Alternative für mich war.

*Wie alle anderen Lehrlinge bringt er die Lehre dennoch erfolgreich hinter sich, besteht die Kaufmannsgehilfenprüfung mit "gut" und bekommt eine feste Anstellung bei der Firma. Nur weiß er noch nicht, welcher Abteilung er sich anschließen soll. Das Betriebsklima spielt dabei eine wichtige Rolle. Doch bevor es so weit ist, steht die Freisprechungsfeier auf dem Programm, bei der die üblichen Ansprachen gehalten, die Zeugnisse übergeben und drei Gänge eines passablen Menüs gereicht werden. Gleich am nächsten Tag aber macht er Nägel mit Köpfen. Er sucht das Büro der Gewerkschaft auf, verkündet entschlossen seinen Austritt und liefert sein Mitgliedsbuch ab. Er hat selten derart betretene Gesichter gesehen.*

## Das Mädchen vom Bodensee

Die Lehrzeit war vorüber, der Ernst des Berufslebens begann. Von der Personalabteilung des Stahlwerks wurde ich als Sachbearbeiter im Verkauf eingesetzt. Die Arbeit wurde mir auf Dauer aber zu monoton. Die schriftlich eingegangenen Bestellungen der Kunden – in der Regel Stahlgroßhändler und Betriebe im Stahl- und Karosseriebau, die hauptsächlich Formstahl, Grob- und Feinblech in den unterschiedlichsten Abmessungen und Legierungen anforderten, alles in qualitativ hochwertigem Edelstahl – mussten schriftlich bestätigt werden, das heißt, die Auftragsbestätigungen wurden auf Band diktiert und von zentral organisierten Schreibkräften mit der Maschine abgetippt. Hinzu kam, dass mir das Ganze zu theoretisch war. Während der Ausbildung konnte ich zwar hier und da einen Blick in die Fertigung werfen, hängengeblieben war aber nicht allzu viel. Vor allem wollte ich über die Endprodukte, die ich nun verkaufen sollte, mehr Details erfahren. Also nahm ich mir den Fertigungsprozess noch einmal gründlich vor.

*Hochöfen gibt es in diesem Stahlwerk nicht. Deshalb muss zur weiteren Verarbeitung das flüssige Roheisen angeliefert werden. In der Mischeranlage werden die Pfannen mit einem Kran in die Höhe gehoben, mit der Öffnung nach unten gekippt und geleert. Das glühende, rot-gelb gefärbte Eisen fließt zischend in den Mischer, wird als Ausguss wieder in Pfannen abgefüllt und dem Siemens-Martin-Ofen zugeführt. Das vom Schrottplatz stammende Altmetall wird mit einem Magnet angehoben und landet mit Hilfe einer Beschickungsmulde ebenfalls in besagtem Ofen. Die Prozedur endet mit dem Stahlabstich und dem folgenden Abguss, wobei es sich um Walzblöcke, Schmiedeblöcke oder Formguss handeln kann. Die Walzblöcke werden im Walzwerk weiterbearbeitet, die Schmiedeblöcke im Hammerwerk und der Formguss in der Gießerei. Im Hammerwerk wird der feste Stahl wie in einer Schmiede erhitzt und auf einem riesigen Amboss in die gewünschte Form gebracht. In der Gießerei wird der flüssige Stahl unmittelbar in Formen gegossen. Faszinierender ist das Geschehen im Walzwerk. Im Warmwalzwerk wird der tonnenschwere Stahlblock auf hohe Temperaturen erwärmt, zu einer Bramme vorgewalzt und auf der Fertigstraße zu Formstahl oder Grobblech in Form von Tafeln endgewalzt. Der glühende Stahl verbreitet eine Art Brandgeruch. Es dampft und zischt unentwegt, bisweilen quietschen die Rollen der Walzen. Es ist ziemlich laut in der Halle. Im Kaltwalzwerk verläuft der Fertigungsprozess weniger spektakulär. Hier werden Tafeln aus Grobblech zu Feinblech mit glatter Oberfläche verformt. Das dünne Blech wird Meter um Meter zu einem endlosen Band verarbeitet und auf riesige Spulen gewickelt, in der Fachsprache "Coils" genannt.*

Nach eingehender Betriebsbesichtigung hatte ich zwar meine Kenntnisse über die Materie aufgefrischt, konnte mich mit dem Verkauf dennoch nicht anfreunden, auch wenn ich die bestellten Erzeugnisse – Formstahl, Grob- und Feinblech – jetzt deutlich vor Augen sah. Es zog mich mehr und mehr ins Rechnungswesen, wo das, was ich bisher verkaufte, in der Finanzbuchhaltung vorschriftsmäßig verbucht und in der Betriebsbuchhaltung gewinnorientiert abgerechnet wurde. Ersteres diente der Pflicht, letzteres entsprach sozusagen einer Kür. Und genau die reizte mich, zumal ich hier in zunehmendem Maße mit der elektronischen Datenverarbeitung in Berührung kam und mich nicht mit einem Diktiergerät begnügen musste, in das nur Wortfetzen hinein zu plappern waren.

Also wagte ich den Wechsel in die Betriebsbuchhaltung. Doch dort geriet ich sogleich mit einer Sache in Konflikt, die mit meiner Leistung absolut nichts zu tun hatte. Der Abteilungsleiter besaß nämlich die Unart, seine Mitarbeiter für Handlangerarbeiten auf seinem Privatgrundstück anzuheuern. Er zwang zwar keinen von ihnen, dem Ansinnen Folge zu leisten, übte aber indirekt Druck aus, indem er den oder die Verweigerer mit Hilfsarbeiten im Büro eindeckte, die nicht mit dessen oder deren Qualifikation in Einklang standen. Eine Methode, die er in der Vergangenheit nachweislich angewandt hat, mir als Abteilungsneuling aber zuwider war.

*Der Ausgelernte, schon von seinem Einsatz im Verkauf nicht begeistert, ist, wie er feststellen muss, der einzige, der sich dieser nur scheinbar freiwilligen Aktion widersetzt. Und weil er weiß, was in nächster Zeit auf ihn zukommt, beschließt er, künftig nach Arbeitsende das Abitur am Abendgymnasium nachzuholen. Die Hilfsarbeiten, die man ihm als widerspenstigem Neuling zur Strafe andrehen wird, passen ihm durchaus in den Kram, sorgen sie doch für weniger Stress im Beruf. So kann er die auf die Freizeit beschränkte Bildungsmaßnahme wesentlich entspannter angehen. Dass er zudem bessere Aufstiegschancen besitzt, wenn er das Abitur schafft, noch dazu nebenberuflich, spornt ihn umso mehr an. Vom Team aber, das den gewohnten Trott vermutlich bis zum Rentenalter fortsetzen dürfte, wird er von nun an gemieden.*

\*

So war es nur eine Frage der Zeit, wann ich angesichts des schlechten Betriebsklimas das Handtuch warf und anderswo anheuerte. Schließlich wechselte ich zu einem Bergbauzulieferer, bei dem zum einen die Stimmung in der gleichen Abteilung wesentlich kollegialer war, ich zum anderen mit speziellen Aufgaben wie der Nachkalkulation von Erzeugnissen betraut und dafür auch noch besser entlohnt wurde. Außerdem bot sich mir die Möglichkeit, in einer anderen Branche Fuß zu fassen, völlig neue Kenntnisse zu erwerben und entsprechende Erfahrungen zu sammeln. Meine Erwartungen wurden schon bald Realität. Ich erhielt die Chance, den Bergbau als Endabnehmer näher kennenzulernen, also einen Blick in einen Stollen zu werfen – wenn mir der bevorstehende Trip auch nicht ganz geheuer war.

*Er befindet sich das erste Mal unter Tage, tief unter der Erdoberfläche, in einer völlig fremden Welt, mit einem höchst mulmigen Gefühl im Bauch, mit der Angst, hier unten womöglich lebendig begraben zu werden. Wie muss es den Bergleuten ergehen, die tagein, tagaus in den Berg fahren müssen, den Schacht hinab, bis sie endlich auf ihrer Sohle den Abbau fortsetzen können – eine wahrhaft harte Arbeit, vor allem mit dem Bohrhammer, was trotz der modernen Technik kräftezehrend ist. Meist muss die Maloche in gebückter Haltung ausgeführt werden, vom Staub, der sich in den Lungen festsetzt, ganz zu schweigen. Sein Chef hat ihn hierher geschickt – weniger, um ihm die Gefahren des Bergbaus vor Augen zu führen, von dem die Firma schließlich lebt. Nein, er tat es vielmehr, damit er die Erzeugnisse in der praktischen Anwendung erlebt – Stempel und Bögen, die ja gerade wegen der größeren Sicherheit entwickelt, gefertigt und vor Ort eingebaut wurden und immer noch werden. Er begegnet ihnen auf Schritt und Tritt, folgt dabei den Bändern, auf denen die abgebaute Steinkohle zum Füllort transportiert und dort über eine Beschickungseinrichtung in Förderwagen gefüllt wird. Er kennt jetzt die Abbauverfahren und Fördereinrichtungen, hat sich einige hundert Meter, an den Schienen orientierend, durch den Berg gequält. Die Luft ist nach wie vor stickig, trotz der Wetterführung, die den in der Grube arbeitenden Bergleuten die zum Atmen notwendige Luft zuführt. Jetzt sehnt er sich nur noch nach dem Aufstieg, will endlich wieder ans Tageslicht. Eine halbe Stunde später, mehr als drei Stunden nach der Einfahrt mit seinem Begleiter und einigen Kumpels, hat er es geschafft.*

Nicht nur im Bergbau, auch im Bau von Bunkern galt das Familienunternehmen als Spezialist. So war die Firma unter anderem am Bau des Regierungsbunkers im Ahrtal beteiligt, wurde in der Nähe von Ahrweiler eine Außenstelle eingerichtet, die neben einem Büro auch über eine eigene Lagerhalle verfügte. Nach einigen Monaten, die ich im Bochumer Stammhaus verbracht hatte, wurde ich dorthin geschickt, um gemeinsam mit einem Kollegen eine Inventur vorzunehmen. Die Aufnahme der Lagerbestände war mitunter recht mühsam, die anschließende Ermittlung des Materialverbrauchs in Einzelfällen schwer nachvollziehbar. Dennoch fiel die Bestandsaufnahme insgesamt zufriedenstellend aus. Ärgerlich war hingegen, dass ein Blick in den Bunker nicht gestattet wurde, aus welchen fadenscheinigen Gründen auch immer.

Irgendwann wurde mir die Ausbildung der kaufmännischen Lehrlinge übertragen. Schwerpunkte meiner Unterweisung waren rein betriebswirtschaftliche Themen wie Aufbau- und Ablauforganisation – speziell in den Funktionsbereichen Personalwesen, Einkauf, Lagerhaltung, Produktion, Vertrieb und Rechnungswesen. Hier kamen mir die auf der Höheren Handelsschule erworbenen Kenntnisse zugute. So wurden die jungen Leute, schon bevor sie die einzelnen Abteilungen durchlaufen mussten, damit vertraut gemacht, wie man Anfragen und Bestellungen schreibt, Wareneingänge und -ausgänge erfasst, Kundenaufträge bestätigt und in Fertigungsaufträge umsetzt, Rechnungen und Lieferscheine ausstellt, Liefer- und Zahlungsverzug anmahnt sowie Kosten und Leistungen verbucht.

*Ein überaus trauriges Ereignis ist der überraschende Tod des Mitinhabers – eines sehr freundlichen, höchst integren Mannes Ende fünfzig. Als rechte Hand seiner Tante, einer charmanten älteren Dame, zugleich Komplementärin und geschäftsführende Gesellschafterin des Unternehmens, sollte er, der Kommanditist, Diplom-Ingenieur und Technische Leiter einmal ihre Nachfolge antreten. Daraus wird nun leider nichts. Und jeder hofft, dass wenigstens die alte Dame noch möglichst lange das Zepter schwingt. Denn dass ausgerechnet der Kaufmännische Leiter weiterhin sein Unwesen treiben darf – ein unsympathischer Zeitgenosse mit ständig geröteten Glubschaugen, der sich mit jedem, vor allem aber mit ihm, dem Mitarbeiter in der Be-*

*triebsbuchhaltung, ständig anlegt, weil er hin und wieder mal ein paar Minuten zu spät zur Arbeit erscheint – gilt als böses Omen.*

\*

Wie im Stahlwerk, ließ ich mich auch hier von meinen Zukunftsplänen nicht abbringen. Nach Mittlerer Reife und Höherem Handelsschulabschluss bestand ich berufsbegleitend nun auch das Abitur am Abendgymnasium – mit großem Latinum, das mir den Zugang zu jeder Universität ermöglichte. Auf Ämter wie Klassen- und Schulsprecher hatte ich von vornherein verzichtet. Das Lehrpersonal, das an dieser Schule nur mit Erwachsenen zu tun hatte, konnte unterschiedlicher nicht sein. Insofern waren Gymnasium und Abendgymnasium durchaus vergleichbar. Manche Lehrkräfte waren eher unauffällig und spulten ihr Programm entsprechend unspektakulär herunter. Andere waren ausgeprägte Persönlichkeiten und boten einen anspruchsvollen Unterricht. Im Fach Deutsch war sogar Prominenz angesagt – zumindest, was die Namen von Vorfahren betraf. Den Anfang machte eine Verwandte des Humoristen und Satirikers Eugen Roth. Später folgte ein Nachfahre des deutschen Reichskanzlers Leo von Caprivi, dem Nachfolger Otto von Bismarcks. Vor allem mit letzterem, der wegen seines passiven Widerstands im Dritten Reich und seiner freien Meinungsäußerung gegenüber westdeutschen Parteibonzen auf dem Platz eines Oberstudiendirektors nicht willkommen war, pflegte ich ein fast freundschaftliches Verhältnis.

*Ein Problem hat er hingegen mit seinem Geschichtslehrer. Das liegt weniger daran, dass er nicht mit allen historischen Ereignissen so vertraut ist wie mit der deutschen Geschichte der letzten hundert Jahre, sondern vielmehr an der Tatsache, dass er bestimmte historische Figuren nicht ernst nimmt, ja sogar lächerlich macht. So wie zum Beispiel bei der Behandlung des Zweiten Weltkriegs, als er Hitler als den größten Idioten der Weltgeschichte bezeichnet, worauf der kurz vor der Pensionierung stehende Studienrat, der bei der deutschen Wehrmacht gedient haben muss, militärisch zackig die Hacken zusammenschlägt und ihn anbrüllt, dass er kein Recht besäße, den Führer derart zu beleidigen. Der Gemaßregelte kann vor Sprachlosigkeit nur noch den Kopf schütteln, während der Rest der Klasse – Männlein wie Weiblein – höhnisch grinst. Dass einige dem Ewiggestrigen sogar einen Vogel zeigen, bekommt dieser nicht mit, weil er, nachdem ihm vor lauter Erregung die Spucke aus dem Mund gelaufen ist, der Klasse den Rücken zugekehrt hat.*

Der Vorfall war wochenlang Gesprächsthema Nummer eins an der gesamten Schule. Konsequenzen wurden daraus nicht gezogen, was deutlich zeigte, dass die braune Gesinnung noch längst nicht aus dem öffentlichen Leben verschwunden war.

Nach vier Jahren allabendlicher Quälerei – samt dem Pendeln zwischen Bochum und Gelsenkirchen – hatte ich es also geschafft, konnte die These meines früheren Direktors widerlegen. Die Abschlussfeier für die Abiturienten – umrahmt von musikalischen Einlagen einiger Schüler, die mit Violoncello, Klarinette, Klavier und Tenor Werke von Ludwig van Beethoven und Robert Schumann vortrugen, der Festansprache der Klassenlehrerin, den Abschiedsworten eines Abiturienten und der Ausgabe der Reifezeugnisse durch den Oberstudiendirektor – war für mich ein erhebender Augenblick, der mich mit einigem Stolz erfüllte.

*Erstaunlich ist, dass er sich im Moment der Freude über den Fetzen Papier, der ihm akademische Weihen ermöglicht, nicht etwa ein Abendessen mit ein paar Pils gönnt, um den Erfolg zu genießen. Auch seine Eltern sucht er nicht gleich auf, um ihnen den Beweis zu erbringen, dass er sein Ziel erreicht hat. Nein, er fährt geradewegs an den Ort seiner Schmach, wo er nur die Mittlere Reife geschafft, der Direktor ihm prophezeit hat, dass er die Abiturprüfung niemals bestehen würde. Ohne sich von der Sekretärin im Vorzimmer aufhalten zu lassen, stürmt er in das Büro des Einarmigen, mit dem er noch eine Rechnung offen hat, und knallt ihm das Abschlusszeugnis auf den Tisch. Der Überrumpelte mustert den Eindringling eine Weile, bis er begriffen hat, wer vor ihm steht. Dann wirft er einen flüchtigen Blick auf das Dokument und murmelt etwas Unverständliches vor sich hin. Kein Glückwunsch kommt über seine Lippen. Vielmehr deutet er einen Rausschmiss an. Der ungebetene Gast, dem auffällt, wie sich das Gesicht des Einarmigen zusehends verfärbt, zieht sich höhnisch lachend zurück. Diesen Triumph hofft er noch lange auskosten zu können.*

\*

Schon bald nach meinem Start als Sachbearbeiter der Betriebsbuchhaltung im Stahlwerk und dem gleichzeitigen Unterrichtsbeginn am Abendgymnasium besuchte ich das junge Mädchen, das ich am Bodensee kennengelernt hatte, in dessen Heimatstadt Tübingen. Aus der Jugendlichen war inzwischen eine junge Frau geworden, die sich äußerlich kaum verändert hatte. Sie lachte noch genauso wie vor Jahren, sprach nach wie vor mit schwäbischem Akzent. Auch ihre Eltern waren noch ganz die alten, kleinwüchsig, freundlich, rechtschaffen. Wir plauderten miteinander über die Zeit, die wir gemeinsam am Bodensee verbracht hatten – auf dem nicht weit vom Wasser entfernten Bauernhof; sprachen über Dinge, die wir in der Zwischenzeit erlebt hatten – freudige Ereignisse ebenso wie Enttäuschungen; und sahen uns verliebt in die Augen, planten gar eine gemeinsame Zukunft. Der vorübergehende Abschied fiel uns umso schwerer.

Die Verlobung in der Stadt am Neckar ließ nicht lange auf sich warten. Ihre Verwandtschaft war zahlreich erschienen. Ich hatte nur die Eltern, die Großmutter und den Bruder mitgebracht. Geschenke gab es reichlich. Es wurde Rehrücken mit Pfifferlingen serviert, natürlich mit handgemachten Spätzle. Getrunken wurde vor allem Most aus Steinkrügen. Bei einigen ihrer Verwandten musste man konzentriert hinhören, um das Gesprochene zu verstehen, was die Stimmung aber keineswegs beeinträchtigte. Ich, der frisch Verlobte, war eher überrascht, dass Schwaben so lustig sein konnten.

Mein zweites Zuhause in Tübingen hatte mir zwangsläufig ein neues Umfeld beschert, an das ich mich erst gewöhnen musste. Dass, wenn ich *ha noi* hörte, nicht die Hauptstadt von Vietnam gemeint war, begriff ich rasch. Auch sonst gewöhnte ich mich mehr oder weniger an den schwäbischen Dialekt. Aber so sehr ich für meine Verlobte und ihre Familie auch Sympathie empfand, so sehr war mir die Eigenart mancher Schwaben ein Dorn im Auge. Vor allem, wenn ich ein Geschäft betrat, beim Bäcker oder Metzger etwas einkaufte, missfiel mir die Verhaltensweise des Personals. Sagte ich *Guten Tag*, erwiderten die Leute *Grüß Gott*, sagte ich *Grüß Gott*, kam *Guten Tag* als Antwort. Irgendwann sagte ich nichts mehr, wollte mich nicht für dumm verkaufen lassen. Dafür wurden die verdutzten Gesichter umso länger.

*Dass die Schwaben sich damit rühmen, außer Hochdeutsch alles zu können, wird ihm spätestens bei einer anderen Feier bewusst, an der neben Verwandten auch Bekannte seiner Verlobten teilnehmen. Einige unter ihnen berichten, dass sie in Norddeutschland zu Besuch waren und dabei feststellten, dass den Einheimischen, nicht etwa den Friesen, die selbst plattdeutsch sprechen, sondern den Hamburgern und Hannoveranern mit ihrem gepflegten Hochdeutsch kein Wort des schwäbischen Dialekts geläufig war. Sie sind keineswegs verwundert, dass die Leute dieses Kauderwelsch nicht verstehen, auch nicht enttäuscht, dass ihre Sprache so wenig Anklang findet. Sie sind stolz darauf, dass ihr Vokabular als Fremdsprache angesehen wird. Und ihnen ist klar, dass die Norddeutschen nur zu arrogant sind, um Schwäbisch zu lernen.*

Mit dem Einkommen aus meiner beruflichen Tätigkeit konnte ich mir das erste Auto leisten – wegen der verschnörkelten Karosserie als *Gelsenkirchener Barock* bezeichnet. Der Wagen wurde auf Teufel komm raus gewaschen und poliert, im Innenraum gesaugt und Staub gewischt. Ich scheute keine Mühe, das Gefährt, das mir als Fortbewegungsmittel dienen sollte, auch als Vorzeigeobjekt herauszuputzen. Immerhin bot sich mir jetzt die Gelegenheit, auf eigenen vier Rädern nach Baden-Württemberg zu fahren. Sicher war es in erster Linie die Verlobte, die mich in den Süden der Republik trieb. Doch auch die historische Altstadt meines Zweitwohnsitzes zog mich magisch an – im Gegensatz zu der tristen Großstadt im Kohlenpott.

\*

Mit Beruf und Abendschule, noch dazu den gelegentlichen Fahrten nach Tübingen, befand ich mich in einer recht angespannten Situation, die hin und wieder einer Abwechslung bedurfte. So war es nicht ungewöhnlich, wenn ich nach Unterrichtsschluss am Abendgymnasium mit Freunden in einem Lokal feierte. Mit der Zeit schmeckte mir sogar das gezapfte Pils, das ich früher so vehement abgelehnt hatte. Nur vom Schnaps hielt ich mich anfangs fern, stellte erst sehr viel später meine Trinkfestigkeit auf die Probe. Dabei konnte es schon mal Mitternacht werden.

*Eines Tages – er wohnt noch bei seinen Eltern und der Großmutter – kehrt er erst spät heim, was in der Familie aber niemand mitbekommt. Plötzlich, irgendwann in den frühen Morgenstunden, kommt es der Mutter in den Sinn, den Vater zu wecken, weil der Sohn, mittlerweile fünfundzwanzig Jahre alt, angeblich noch nicht zu Hause ist. Der Vater – missgestimmt, weil er um seinen Schlaf gebracht wird – weist darauf hin, dass der Filius doch wohl erwachsen genug ist, um zu wissen, wann er zu Bett gehen muss. Die Mutter aber lässt ihm keine Ruhe und nervt ihn so lange, bis er, sichtlich gereizt, aufsteht und nach dem Rechten sieht. Nachdem er die Tür zum Zimmer des Sohnes geöffnet und festgestellt hat, dass der Gesuchte längst im Bett liegt und schläft, fragt er die Mutter, ob sie noch ganz bei Trost ist. Das Ergebnis dieser nächtlichen Störung war, dass tags darauf der Haussegen schief hing.*

\*

Im Sommer wollte ich mit meiner Verlobten in den Urlaub fahren – nicht an den Bodensee, sondern an die Nordsee. Als Ziel hatten wir das Heilbad St. Peter-Ording ausgesucht. Wir machten uns schließlich auf den Weg dorthin. Mit von der Partie war mein Bruder, der für die Tour seine *Ente* zur Verfügung stellte, und dessen Verlobte. Nach einigen Stunden Fahrt kamen wir wohlbehalten an und quartierten uns in einer Pension ein, die wir schon Tage vorher reserviert hatten. Um ans Meer zu gelangen, mussten wir allerdings noch ein gutes Stück fahren.

*Selbst mit dem Wagen dauert es einige Minuten, bis sie die riesige Sandbank durchquert haben und endlich den Strand erreichen. Nur bei Flut ist das Wasser greifbar nahe. Bei Ebbe muss man nochmals eine längere Strecke durch das Watt zurücklegen, um mit dem kühlen Nass der Nordsee in Berührung zu kommen, muss durch Schlick und Priele waten, in denen es von Sandwürmern, kleinen Fischen und Krebsen nur so wimmelt. Schiffe kann man nicht beobachten. Nur ein paar Krabbenkutter sind weit draußen zu sehen, mit an beiden Seiten herunterhängenden Netzen. Ab und zu donnert ein Düsenjäger im Tiefflug über das Meer. Wenn kein Badewetter herrscht, dominieren die "Friesen-Nerze" den Strand, das knallgelbe, regenfeste Ölzeug mit Kapuze. Und bläst der Wind besonders kräftig, lassen sich die*

*Strandsegler über die Sandbank treiben. Sonst tummeln sich die Badegäste nicht nur am und im Wasser, sondern auch in den auf Pfahlbauten befindlichen Gaststätten.*

Ausgerechnet in St. Peter-Ording, wo wir uns vom Alltagsstress erholen wollten, ging unser Verlöbnis in die Brüche. Gott weiß, warum. Es gab wohl Meinungsverschiedenheiten – in welcher Beziehung gibt es die nicht. Aber es waren keine unüberbrückbaren Differenzen, die eine Trennung gerechtfertigt hätten. Eher Lappalien. Auf jeden Fall gingen wir noch vor der Abreise im Streit auseinander, fuhr ich einige Tage später mit dem Bruder und dessen Verlobter zurück nach Bochum. Meine Ex hatte sich einem anderen Mann anvertraut, trat vermutlich in dessen Begleitung die Heimreise an. Genaueres erfuhr ich nie. Wochen später opferte sich mein Bruder und holte die mir zustehenden Verlobungsgeschenke in Tübingen ab. Damit war ein weiteres Kapitel in meinem Leben abgeschlossen.

## **Ein Unglück kommt selten allein**

Die Trennung von meiner Verlobten lag ein Jahr zurück. Das Abitur am Abendgymnasium hatte ich inzwischen bestanden, war diesbezüglich mit dem einarmigen Direktor aneinander geraten. Die Freizeit sollte nun umso mehr genossen werden. Gemeinsam mit dem Bruder und dessen Verlobter feierte ich in einem Bochumer Lokal, das auf bayrische Gemütlichkeit setzte, mit Schweinshaxen, Knödeln und natürlich Münchner Bier warb. Hier lernte ich eine junge Frau kennen, die von einem ebenso jungen Mann begleitet wurde. Die Stimmung war gut, wurde im Verlauf des Abends immer besser – woran nicht nur der Alkohol schuld war. Auf jeden Fall flirteten wir miteinander, ohne ihren teilnahmslosen Begleiter zu beachten. Irgendwann in der Nacht war der Spaß dann vorbei. Das ungleiche Paar verschwand so plötzlich, wie es gekommen war. Auch mein Bruder, seine Verlobte und ich kehrten nach Hause zurück.

*Die Begegnung mit der jungen Frau will ihm einfach nicht aus dem Kopf gehen. Noch nach Tagen versucht er anhand des Namens, den er vom Bruder erfahren hat, ihre Adresse herauszufinden, stöbert im Telefonbuch zwei Anschriften mit demselben Nachnamen auf und sieht sich an beiden Orten längere Zeit um. Er befragt sogar einen Wirt, in dessen Lokal sie angeblich verkehrt, erfährt endlich ihre korrekte Adresse von einem anwesenden Gast. Ein Telefonanruf genügt, um sich mit ihr zu verabreden. Wochen danach stellt er sich bei ihren Eltern vor, hält, wie man so schön sagt, um die Hand der*

*Tochter an. Der Vater, so kurios das klingen mag, wundert sich nur, dass jemand seine Älteste heiraten will. Dieses seltsame Verhältnis zwischen den beiden sollte zeit ihres Lebens bestehen bleiben.*

Bis zur Hochzeit war es nicht mehr lange hin – war doch inzwischen Nachwuchs unterwegs. Die vom Standesbeamten inszenierte Zeremonie war kurz und schmerzlos. Wir gaben uns das Ja-Wort und tauschten am Ende die Ringe. Stunden später fand im Haus ihrer Eltern der Polterabend statt, wurde in der Einfahrt jede Menge Porzellan zerdeppert. Auch die offizielle Hochzeitsfeier tags darauf, mit Verwandten, Freunden und Bekannten beider Seiten, ging im Anschluss an die kirchliche Trauung – die sich, im Vergleich zum Standesamt, deutlich länger hinzog – an gleicher Stelle über die Bühne. Sowohl in der Kirche als auch während des Festes trug die Braut ein langes weißes Kleid, der Bräutigam einen dunklen Anzug mit weißem Hemd und der ungeliebten weißen Fliege. Es wurde gespeist und zugeprostet, geredet und gelacht, schließlich auch getanzt, was mir weniger behagte. Mein Tanz erinnerte eher an den Ali-Shuffle, die Bewegungen von Cassius Clay alias Muhammad Ali im Boxring.

In einem Vorort der Stadt bezogen wir eine Wohnung. Meine Frau ging ihrer alten Tätigkeit als Kindergärtnerin nach. Ich begann an der Ruhruniversität ein wirtschaftswissenschaftliches Studium. Das Zimmer für den Nachwuchs war hergerichtet. Das Kind sollte hier großgezogen werden. Meine Frau und ich glaubten, das schon irgendwie hinzukriegen.

Keine vier Monate später kam alles ganz anders. Statt eines Mädchens erblickten derer zwei das Licht der Welt – eine vorweihnachtliche Überraschung, die von den Ärzten nicht erkannt worden war. Damit wurden alle unsere Zukunftspläne über den Haufen geworfen. Ich musste mein Studium abbrechen, mir einen Job suchen, den ich schließlich in der Nachbarstadt Herne fand. Meine Frau stellte zumindest vorübergehend ihre Tätigkeit ein. Auch die gemietete Wohnung gaben wir auf, fanden in ihrem Elternhaus eine kostengünstigere Bleibe. Jetzt lebten wir in einem gemeinsamen Haushalt – zwar mit zwei eigenen Zimmern, aber inmitten einer Großfamilie, zu der neben ihren Geschwistern ihre Großeltern mütterlicherseits gehörten. Erst ein halbes Jahr später konnten wir ins Dachgeschoss umziehen – in eine Wohnung mit Küche, Bad und drei Zimmern, die bis dahin vermietet war.

Die Versorgung der Zwillinge war gar nicht so einfach. Füttern, umhertragen, schlafen legen, nachts aufstehen, Windeln wechseln, pudern – und das alles in doppelter Ausfertigung – waren anstrengende Aufgaben, die häufig für eine schlaflose Nacht sorgten und überwiegend an meiner Frau hängen blieben, weil ich frühmorgens zur Arbeit gehen musste. Doch die Freude an den beiden Mädchen überwog. Das Ende dieser Tortur war schließlich abzusehen.

*Eines Abends ereignet sich eine Katastrophe, mit der niemand gerechnet hat. Die Eltern sehen nach den schlafenden Töchtern, was allabendlich zur Routine geworden ist, und stellen mit Entsetzen fest, dass eine der beiden kein Lebenszeichen mehr von sich gibt. Der kleine Körper ist noch warm, doch das Herz schlägt nicht mehr und am Mund zeigen sich Spuren von Erbrochenem. Der herbeigerufene Notarzt lässt das kleine Wesen sofort mit Blaulicht und Sirene in die Klinik bringen – begleitetet von den verzweifelten und auf ein Wunder hoffenden Eltern. Doch die Wiederbelebungsversuche sind vergeblich. Die Ärzte können nur noch den Tod feststellen, vermutlich durch Ersticken an Erbrochenem verursacht – ein Schock für seine Frau und ihn, die ihre Tochter ein letztes Mal sehen und von ihr Abschied nehmen dürfen; ein Schock auch für seine Mutter, die zufällig zu Besuch ist, und für die Schwiegereltern, bei denen sie seit der Geburt der Zwillinge wohnen.*

Von diesem Tag an war vieles anders – auch in unserer Beziehung. Noch in der Nacht und die Tage danach bis zur Beerdigung, als der kleine weiße Sarg in das ausgehobene Grab hinabgelassen wurde, wollten die Tränen der Trauer kein Ende nehmen.

\*

Ich war also in Herne gelandet, heuerte als Kostenrechner bei einem amerikanischen Armaturenhersteller an. Die Aufgabe gefiel mir, weil ich nicht mehr einer von vielen Sachbearbeitern war. Stattdessen durfte ich als Einzelkämpfer agieren, war für die gesamte Kostenrechnung allein verantwortlich. Zudem lernte ich die neuesten Methoden auf diesem Gebiet kennen, musste mich nicht nur mit dem üblichen Betriebsabrechnungsbogen, einer Kombination aus Kostenarten- und Kostenstellenrechnung, herumschlagen, sondern wurde mit der Kostenträgerrechnung, einer produktbezogenen Abrechnung, vertraut gemacht. Schließlich wollte man wissen, womit die Firma Geld verdiente. Auch die Budgetierung, also die Planung von Kosten am Ort ihrer voraussichtlichen Entstehung, fiel in meinen Aufgabenbereich – in deutschen Betrieben zu jener Zeit noch ein Buch mit sieben Siegeln.

Das Werk bestand nur aus einer Halle. Die Büros befanden sich an deren Kopfende auf zwei Ebenen. Unten waren Werksleiter, Konstrukteur, Meister, Qualitätsprüfer und Lagerverwalter, oben Einkäufer, Buchhalter und ich als Kostenrechner untergebracht. Im Produktionsbereich standen die Fertigungsautomaten zur Herstellung von Gehäusen und Absperrkörpern für Drehschieber, die in Rohrleitungen der petrochemischen Industrie zum Einsatz kamen, ergänzt um die Arbeitsplätze für die Endmontage der Armaturen und das Materiallager. Geschäftsführung, Controlling, Personalwesen, Marketing und Verkauf hatten ihren Sitz in der Düsseldorfer Hauptverwaltung.

*Gewöhnungsbedürftig ist für ihn der Schichtbetrieb. In wöchentlichem Turnus muss er sich mit seinem für die Buchhaltung zuständigen Kollegen abwechseln, mal in der Früh-, mal in der Spätschicht am einzigen Buchungsautomaten arbeiten. Vor allem zu später Stunde, wenn er allein die Stellung hält, fühlt er sich nicht ganz wohl in seiner Haut. Dann ist es gespenstisch still in der Halle, gibt nur die Buchungsmaschine Geräusche von sich. Die Arbeit als solche bereitet ihm keine Probleme, außer dass das Buchen von Kosten und Erlösen ziemlich eintönig ist. Er muss die jeweiligen Kontenblätter einlegen und die zu buchenden Texte und Zahlen auf einer speziellen Tastatur eintippen. Die Salden werden automatisch ermittelt.*

Einmal im Monat fuhr ich mit dem eigenen Auto, meinem ersten Neuwagen, nach Düsseldorf zum Controller, besprach mit ihm die zwischen Plan- und Ist-Daten ermittelten negativen Abweichungen kostenintensiver Abteilungen, die aus Erlösen und Kosten resultierenden Unterdeckungen unrentabler Produkte, außerdem das weitere Vorgehen. Auch zwei Einladungen der Geschäftsführung führten meine Herner Kollegen und mich in die Stadt am Rhein – jeweils mit Übernachtung in einem Hotel: im Sommer zu einem Treffen in der Altstadt, im Winter zu einer Weihnachtsfeier.

Ein weiterer Höhepunkt war ein gut organisierter Betriebsausflug zu einem im niederländischen Deventer gelegenen Schwesterunternehmen – mit Stadtrundgang, Werksbesichtigung, Vergleichskämpfen im Fußball und Kegeln sowie abschließendem Abendessen. Besonders interessant waren die Parkflächen vor dem Werk, die nicht mit Autos, sondern mit Fahrrädern vollgestellt waren. Die Fertigung hingegen bot nicht viel Neues, glich im Großen und Ganzen derjenigen in Herne, nur dass es sich um andere Armaturen handelte. Am Fußballspiel, das die Holländer gewannen, war ich nicht beteiligt, dafür am Kegelwettkampf, den unsere Mannschaft für sich entschied.

*

Wie das manchmal so ist, kommt ein Unglück selten allein. Mein Vater war seit einem Zusammenbruch vor zwei Jahren krankgeschrieben. Eine vorzeitige Pensionierung zögerte er aber so lange wie möglich hinaus, fühlte sich als Steueroberinspektor am Finanzamt doch ausgesprochen wohl. Welche Krankheit ihn heimgesucht hatte, wusste niemand so genau. Es muss wohl eine Kombination aus zwei Leiden gewesen sein: zum einen die Lunge, die ihm schon in jungen Jahren zugesetzt und zu seiner Suspendierung beim Militär geführt hatte; zum anderen das Herz, das nicht mehr so recht mitspielte und nur mit Medikamenten auf Trab gehalten wurde. Was er nicht ahnen konnte, war die Gewissheit der Ärzte, dass er nicht mehr an seinen Arbeitsplatz zurückkehren würde.

*Noch im selben Jahr wie eine seiner Töchter stirbt der Vater. Die Art seines kurzen und schmerzlosen Endes mochte zwar in seinem Sinne sein. Für die Familie aber kommt der frühe Tod trotz seines schlechten Gesundheitszustandes überraschend. Er will die Garage öffnen, um sein Auto herauszuholen, als er einfach umfällt. Ein Nachbar findet ihn auf dem Boden liegend, ruft den Notarzt, der nur noch den Tod feststellen kann, und verständigt die Mutter. Die Todesursache kann nicht eindeutig geklärt werden. Man vermutet lediglich eine Lungenembolie. Noch am selben Tag begeben sich die Söhne zum Friedhof, wo sie in einen neben der Aussegnungshalle befindlichen Raum geführt werden. Dort liegt der Leichnam noch vollends bekleidet auf einer Bahre – mit einer Plane zugedeckt, unter der die Füße samt Schuhen hervorschauen. Der Mann von der Friedhofsverwaltung hebt die Abdeckung. Das Gesicht des Vaters kommt zum Vorschein, gleicht dem einer Wachsfigur. Betroffen stehen sie eine Weile vor dem Toten, nehmen schweigend von ihm Abschied und deuten mit einem kurzen Nicken an, das Gesicht wieder zuzudecken. Dann verlassen sie die Stätte mit der beklemmenden Atmosphäre.*

\*

In einer Zeitung las ich die Anzeige eines Glasfaserproduzenten in Dortmund. Gesucht wurde der Leiter der Betriebsbuchhaltung mit acht Mitarbeitern. Ich bewarb mich kurzentschlossen. Schließlich wäre es ein weiterer beruflicher Aufstieg auf der Karriereleiter gewesen. Und tatsächlich. Ich bekam den Job – sehr zum Leidwesen meines Vorgesetzten in Düsseldorf und der Kollegen in Herne, hatten wir doch alle gut zusammengearbeitet, eine kollegiale Einheit gebildet. Zum ersten Mal befand ich mich in der Situation, dass andere die Arbeit machten, während ich dieselbe nur delegierte – ein völlig neues Gefühl. Dafür konnte ich mich umso mehr der elektronischen Datenverarbeitung widmen, trug persönlich die für die monatliche Erfolgsrechnung bestimmten Posten wie Umsatzerlöse, Wareneinsatz, Personalkosten usw. mit deren Plan- und Ist-Zahlen auf Belegen ein, deren Eingabefelder, entsprechend den Lochkarten, auf achtzig Stellen begrenzt waren. Deren Verarbeitung erfolgte in einem externen Rechenzentrum. Den ausgedruckten Soll-Ist-Vergleich für den laufenden Monat und das Geschäftsjahr kumuliert musste ich dann je Posten prüfen, negative Abweichungen kommentieren und Verbesserungsvorschläge unterbreiten. An der Erstellung der Plandaten zu Geschäftsjahresbeginn, die in den Verantwortungsbereich der Geschäftsleitung fiel, wirkte ich ebenfalls mit. Darüber hinaus nutzte ich die Gelegenheit, den mir nicht geläufigen Produktionsprozess kennenzulernen.

*Er hat das Gefühl, sich in einer Spinnerei zu befinden. Über diverse technische Einrichtungen wie Becken zum Füllen mit Rohstoffen und Rohrleitungen, durch die das Gemisch zu einem Beschickungstrichter transportiert wird, gelangt das Material in einen Durchlaufofen, wird dort geschmolzen, anschließend einer Düse zugeführt und zu Fasern ausgezogen, die am Ende als Garn oder Zwirn auf Spulen aufgewickelt werden. Dabei handelt es sich hier nicht um textiles Material, sondern um Glasseide – daher auch der Durchlaufofen. Die endlos gezogenen Fäden werden zum Beispiel bei der Herstellung von Elektroisolationsmaterial und nicht brennbaren Dekorationsstoffen eingesetzt. Auch in der Fertigung von Glasfasermatten wird er an die Textilindustrie erinnert, nur dass hier keine einzelnen Fäden, sondern eben ganze Matten, ähnlich wie Stoffballen, aufgewickelt werden. Die Glasfasern werden auf einer sich mit hoher Geschwindigkeit bewegenden Förderanlage gleichmäßig verteilt und mit einem Bindemittel versehen. Glasfasermatten kommen bei der Verstärkung von Kunststoff, beispielsweise im Fahrzeug-, Flugzeug- und Schiffbau zum Einsatz. Immerhin lernt er bereits zu dieser Zeit eine zukunftsweisende Technologie kennen, mit der er später noch in Berührung kommen sollte.*

Eine willkommene Abwechslung boten drei Geschäftsreisen, bei denen einer der beiden Mutter-Konzerne in Mainz sowie die Messen in Hannover und Leipzig besucht wurden. Auf der Industriemesse in der niedersächsischen Landeshauptstadt galt mein Hauptinteresse dem firmeneigenen Messestand. Auf der Leipziger Frühjahrsmesse hingegen, wohin ich meinen Kollegen aus dem Verkauf begleiten durfte, waren einige Treffen mit wichtigen Kunden aus

Osteuropa angesagt. Es war das erste Mal seit der Flucht aus der DDR, dass ich mich in den Arbeiter- und Bauernstaat wagte. Fast zwanzig Jahre nach jenem Ereignis blieb ich jedoch völlig unbehelligt. Wie immer sind Messebesuche äußerst anstrengend – nicht nur, wenn man von einem Stand zum andern, von einer Halle zur andern pilgern muss, sondern auch, wenn ein Kundengespräch das andere jagt, höchste Konzentration angesagt ist, um ja keinen Fehler zu machen und womöglich einen alten oder neuen Kunden an die Konkurrenz zu verlieren. Umso größer ist danach die Freude auf den Abend, wenn auf erfolgreiche Arbeit angestoßen werden kann.

*Sie besuchen gemeinsam eine vor allem bei Westdeutschen beliebte Bar in Markkleeberg – nicht um zu tanzen, nur um Musik zu hören, westliche Musik, und dabei ein paar Drinks zu sich zu nehmen. Zwei Stunden halten sie es aus: die Lautstärke, das Flimmern, das Gedränge, den Zigarettenqualm, den Alkohol. Dann packt sie die Müdigkeit – haben sie doch noch einen harten Tag vor sich, erwarten vor allem neue Kunden und hoffen dabei auf gute Abschlüsse. Die Rückfahrt in die gut zehn Kilometer entfernte Pension endet schon nach wenigen Metern. Volkspolizisten halten den Wagen an, den der Kollege steuert, verlangen die Papiere, auch von ihm als Beifahrer, und lassen den Fahrer, dessen Alkoholfahne sie wahrgenommen haben, aussteigen und in ein Röhrchen blasen, dessen Inhalt sich natürlich verfärbt. Den beiden schwant nichts Gutes, wissen sie doch, wie schikanös Vopos sein können. Aber es geschieht nichts dergleichen. Sie müssen lediglich das Auto stehenlassen, dürfen es erst am nächsten Tag abholen. Die Uniformierten rufen sogar noch ein Taxi, lassen sie ohne Geldstrafe und Führerscheinentzug in die Pension* bringen. Vielleicht ist es auch nur eine Geste gegenüber den Messebesuchern, die man nicht vergraulen möchte.

Am Nachmittag des nächsten Tages trennte ich mich vorübergehend von meinem Kollegen, traf mich in irgendeiner HO-Gaststätte in der Innenstadt mit meinem Halbbruder aus Halle und dessen Familie, die ich am Tag zuvor per Telegramm informiert hatte.

*Seit zweiundzwanzig Jahren hat er den Halbbruder nicht mehr gesehen – das letzte Mal als Zehnjähriger in Marienberg, und dennoch erkennt er ihn sofort. Die Umarmung ist herzlich, hält eine Weile an. Beide können die Tränen nur mit Mühe zurückhalten. Der gelernte Buchbinder, mittlerweile Familienvater, ist ein Stück kleiner als er, bei der Schwägerin sind es noch ein paar Zentimeter weniger. Die drei Sprösslinge wirken, nebeneinander aufgereiht, wie Orgelpfeifen. Er lädt alle fünf zum Essen ein, ist in den gastronomischen Betrieben als zahlungskräftiger Devisenbringer gern gesehen. Und doch ist ihm das Ganze irgendwie peinlich. Er möchte nicht den reichen Wessi spielen, seinem Halbbruder und dessen Familie nicht das Gefühl von Minderwertigkeit geben, nur weil sie in der ärmeren Hälfte des geteilten Deutschland leben müssen. Drei Stunden nehmen sie sich Zeit, um die Vergangenheit Revue passieren zu lassen. Der eine möchte mehr über den Vater erfahren, der vor zweieinhalb Jahren gestorben ist, und den er nicht mehr wiedersehen durfte – auch über die Stiefmutter und den jüngsten Bruder. Den anderen hingegen interessieren die Verhältnisse in der DDR, wie es seinen Verwandten insgesamt geht, ob das Nichtmitglied der SED gesellschaftlich ausgegrenzt wird. Schließlich müssen sie voneinander Abschied nehmen, gehen schweren Herzens auseinander – in der Hoffnung, sich bald wiederzusehen.*

Die dreitägige Reise nach Mainz diente vorrangig der innerbetrieblichen Weiterbildung. Auf der Tagesordnung standen ein Führungskräfteseminar und eine Betriebsbesichtigung der Glaswerke. Eine abschließende Weinprobe im Rheingau trug zur Geselligkeit bei.

\*

Die Tochter war inzwischen drei Jahre alt, als wir die Nordsee aufsuchten, um zu dritt auf der Insel Juist Urlaub zu machen. Die Anreise erfolgte mit dem Zug bis Norden-Norddeich und von dort mit dem Schiff durch die nur bei Flut befahrbare Rinne bis zum Schiffsanleger der autofreien Insel, der sich weit draußen im Wasser befindet. Hier mussten wir von Deck gehen und in die Kleinbahn umsteigen. Nach einigen Minuten Fahrt – größtenteils auf scheinbar im Wasser schwebenden Schienen – landeten wir endlich auf der Ferieninsel. Mit dem Pferdeomnibus ging es dann weiter bis zur Pension. Schon nach wenigen Tagen, die wir bei schönem, aber windigem Wetter überwiegend im Schutz der Dünen verbringen mussten, wurde unsere Tochter quengelig, vertrug offenbar das raue Seeklima nicht. Also entschlossen wir uns, sie vom Großvater mütterlicherseits abholen zu lassen.

*Der ehemalige Luftwaffenpilot, der im Krieg auch Stukas fliegen musste und jetzt Sportflieger ist, holt seine Enkelin am nächsten Tag mit einer einmotorigen Maschine auf dem kleinen Inselflughafen ab. Ziel ist der Flugplatz Marl-Loemühle. Seinem Schwiegersohn, der ihn einmal begleitet hat, ist etwas mulmig zumute. Er erinnert sich noch gut daran, dass sich der Dreiundfünfzigjährige – statt an Instrumenten – lieber an den gelben oder blauen, neben Landstraßen und Autobahnen angebrachten Hinweistafeln orientiert. Dann setzt er kurzerhand zum Tiefflug an und vergewissert sich anhand der Ortsbezeichnungen, auf dem richtigen Kurs zu liegen, um gleich darauf wieder im Steilflug in die Lüfte zu steigen. Am Ende kommen die beiden aber heil an.*

\*

Die große Chance, beruflich weiterzukommen, witterte ich, als ich in einer überregionalen Zeitung eine große Anzeige las. Gesucht wurde ein Controller, der für die Abteilungen Betriebswirtschaft, Organisation, Revision und Allgemeine Verwaltung zuständig war. Bei dem Unternehmen handelte es sich um einen bekannten Geräteshersteller im rheinland-pfälzischen Teil des Siegerlandes, der seit Jahren Marktführer in der Branche war. Bevorzugt gesucht wurde zwar ein Akademiker, aber ich wagte es dennoch und hatte am Ende Erfolg. Meine mehrjährige praktische Erfahrung einschließlich der Führung von Mitarbeitern sowie das am Abendgymnasium erworbene Abitur gaben letztlich den Ausschlag, wie ich im Nachhinein erfuhr. Mit der Doppelbelastung in Beruf und Schule hatte ich Zielstrebigkeit und Stehvermögen bewiesen.

Der Aufenthalt im Haus meiner Schwiegereltern neigte sich damit dem Ende zu. Anfangs wohnte ich im Gästehaus des neuen Arbeitgebers. Später mietete ich ein kleines Einfamilienhaus in einem der Ortsteile – abseits stark befahrener Straßen, mit einer Terrasse, einem großen Garten samt Obstbäumen für die Familie und einer Kinderschaukel, mit weitem Blick hinunter ins Tal, wo sich die Sieg ihren Weg durch die Landschaft bahnt.

Zunächst musste ich das betriebliche Rechnungswesen auf Vordermann bringen, ein Konzept für Standardkalkulation und Budgetierung entwickeln, ein umfangreiches Handbuch für die Anwender ausarbeiten. Die technische Umsetzung übernahm die Abteilung Datenverarbeitung. Um die niedergeschriebenen Programme verstehen, sich überhaupt auf diesem Gebiet stärker einbringen zu können, nahm ich an Kursen in Essen teil, lernte eifrig COBOL, eine problemorientierte Programmiersprache, und schrieb am Ende sogar selbst das eine oder andere Programm. Die laufende Tagesarbeit übernahmen die Mitarbeiter in den mir unterstellten Abteilungen, die im angrenzenden Großraumbüro arbeiteten.

Die Herstellung von Kleingeräten sowie Bauteilen für Großgeräte erfolgte nach wie vor im Presswerk des alten Stammwerks, in dem auch die Verwaltung ihren Sitz hatte. Die Montage und abschließende Verpackung der großen, überwiegend mit Benzin- oder Elektromotoren ausgestatteten Geräte wurde in einen Neubau am Ortsrand verlegt. In der Versandhalle befand sich die damals modernste Verpackungsanlage Europas. Außerdem waren dort Forschung und Entwicklung bis hin zum Bau von Prototypen sowie Versuchsflächen für die Gerätetests untergebracht.

Unabhängig davon, dass ich einen dauerhaften Wohnortwechsel vollziehen musste, blieb ich von zusätzlichen Reisen nicht verschont. Im saarländischen Zweigwerk musste ich, wie zuvor im Stammwerk, die Mitarbeiter in die neu entwickelte Standardkalkulation und Budgetierung einweisen. In den Niederlassungen in Holland und Österreich waren Revisionen fällig, mussten Prüfungen durchgeführt werden, die der Einhaltung interner Vorschriften, der Optimierung organisatorischer Abläufe und eventuell der Aufdeckung von Unregelmäßigkeiten dienten.

Eines Tages stand die Fünfzig-Jahr-Feier der Firma bevor – ein Großereignis, zu dem viel Prominenz eingeladen wurde, natürlich auch die größten und wichtigsten Kunden.

*Er soll dafür sorgen, dass das Fest ein großer Erfolg wird. Schon die Planung wird zur Mammutaufgabe, von der Durchführung ganz zu schweigen. Die Großkunden und Ehrengäste, darunter der rheinland-pfälzische Ministerpräsident Helmut Kohl und sein Sozialminister Heiner Geißler, sollen Gelegenheit zur Werksbesichtigung erhalten. Für die Bewirtung mit Büffet soll eine Ladenpassage aufgebaut werden. Künstler, wie die Les Humphries Singers, Großkunden und Ehrengäste sind in Hotels einzuquartieren, die technischen Einrichtungen auf der Bühne der Kantine auf den neuesten Stand zu bringen. Am Ende hat er Glück, das Glück des Tüchtigen. Tage-, ja wochenlang musste er Überstunden machen, um das riesige Pensum zu bewältigen. Die Feier, die sich über zwei Tage erstreckt, wird tatsächlich ein großer Erfolg – medienwirksam inszeniert, ohne dass Kosten und Mühen gescheut werden. Die Buffet-Karte liest sich wie die Speisekarte eines Sterne-Restaurants, mit Köstlichkeiten aus deutschen Landen wie gefülltem Spanferkel nach Brandenburger Art, Odenwälder*

*Hirschrücken, Westfälischem Schweinerollbraten in der Pumpernickelkruste, gepökelter Rinderbrust in Essigkräutersoße, Schwarzwälder Schinkenspezialitäten, Husumer Ochsenrippe vom schmiedeeisernen Tranchiergestell, entbeinten Schweinehaxen auf Krautsalat, Berliner Schweinskopfsulz, Fränkischem Ochsenmaulsalat, Thüringer Blutwurstsorten, Gutsleberwürsten, Liptauer Käse, dazu Laugenbrezeln, Steinofenbrot, Pumpernickel und Vollkornbrot. Der Buspendelverkehr zwischen den beiden Werken funktioniert reibungslos. Vor allem die modernste Verpackungsanlage Europas hat es den Gästen angetan. Und nicht zuletzt können auch die Künstler, Großkunden und Ehrengäste mit den Hotelunterkünften zufrieden sein. Für sein unermüdliches Engagement erhält er schließlich die Jubiläumsmedaille mit dem Portrait des Firmengründers.*

Den letzten Höhepunkt, den ich in der Firma erleben durfte, bildete eine Reise nach Berlin. Von Frankfurt am Main ging es mit dem Flugzeug nach Berlin-Tempelhof. Zunächst stand ein Besuch der West-Berliner Niederlassung auf dem Programm. Während der anschließenden Stadtrundfahrt waren mir die Sehenswürdigkeiten im Westen der geteilten Stadt bereits bekannt. Neu für mich war Ost-Berlin, in dem ich mich als Kind kurz aufgehalten hatte, mich aber an nichts mehr erinnern konnte. Bei der Rückkehr nach West-Berlin erregte dann die Grenzkontrolle einiges Aufsehen.

*Der Bus hält. Der Reisebegleiter, der vor allem die Errungenschaften des Sozialismus gelobt hat, steigt aus, ein mit Fellmütze bekleideter Grenzposten an dessen Stelle ein, kontrolliert die Pässe trotz der bei der Einreise erteilten, mit Stempel bestätigten Visa, geht in den hinteren Teil des Busses, dessen Sitzreihen angesichts der kleinen Reisegruppe komplett leer geblieben sind, und wirft einen Blick unter die Polster. Er, der Controller der Firma, der als Letzter in einer der mittleren Reihen sitzt, dreht sich zu dem Diensthabenden um und klärt ihn darüber auf, dass der Reisebegleiter, falls er diesen suchen sollte, bereits ausgestiegen ist. Das Gesicht des Mannes verfärbt sich rot, das des Firmeninhabers, seines direkten Vorgesetzten und der Kollegen weiß. Schweigend, vielleicht auch sprachlos, verlässt der Angesprochene den Bus, der eine Weile auf die Weiterfahrt warten muss. Die Kollegen maßregeln ihn, warum er nicht den Mund halten kann, sind sichtlich besorgt, weil sie Schikanen fürchten. Doch weit gefehlt. Der Schlagbaum geht zur Überraschung aller hoch, ein anderer Grenzposten winkt den Fahrer durch. Erleichterung macht sich breit.*

Der Rest des Berlin-Aufenthaltes verlief friedlich, ja geradezu entspannt. Vergessen war der Zwischenfall am Grenzübergang. Wir genossen – mit Pickelhaube auf dem Kopf – Eisbein mit Sauerkraut und Erbspüree in einem Alt-Berliner Lokal, besuchten anschließend das Kabarett *Stachelschweine* und speisten zu Abend in einem Dachrestaurant – begleitet von einem Drehorgelspieler.

\*

Die Tochter fühlte sich in dem Einfamilienhaus mit dem großen Garten sichtlich wohl, meine Angetraute hingegen nicht. Sie vermisste den Trubel der Großstadt, konnte sich mit dem Kaff in der Provinz nicht anfreunden. In unserer Ehe begann es zu kriseln. Der Haussegen hing mehr und mehr schief. Es gab immer häufiger Streit – für die Tochter ein traumatisches Erlebnis. Einen Ausweg sahen wir darin, in Bochum eine Eigentumswohnung zu erwerben – finanziert mit einem Arbeitgeberdarlehen, das auch gewährt wurde, und einem Bankkredit. Das kleine Einfamilienhaus sollte parallel dazu weiter gemietet werden. Irgendwie mussten wir uns arrangieren, sollte jeder nach seiner Fasson selig werden, ohne die Familie aufzugeben. An den Wochenenden bot sich genügend Zeit, sich mal hier, mal dort zu treffen.

*Doch auch das Modell des doppelten Wohnsitzes hilft ihnen nicht weiter, kann ihre Ehe am Ende nicht mehr retten. Ständige Auseinandersetzungen, mitunter auch wegen Nebensächlichkeiten, sorgen dafür, dass sie keine gemeinsame Basis mehr finden. Sie haben sich auseinandergelebt. Deshalb beschließen sie, sich scheiden zu lassen. Von Anfang an sind sie sich einig, auf gegenseitige Schuldzuweisungen zu verzichten, die gemeinsame Tochter nicht hin und her zu zerren, ihr Bleiberecht bei der Mutter und das Besuchsrecht des Vaters auf zivilisierte Weise zu regeln. Er verkauft die Eigentumswohnung wieder, zahlt das Arbeitgeberdarlehen zurück, kündigt den Mietvertrag für das Einfamilienhaus und zieht in ein Appartement, das nicht weit von seinem Arbeitsplatz entfernt ist. Seine Ex nimmt wieder ihre alte Tätigkeit auf und mietet in der Bochumer Innenstadt eine Wohnung. Von nun an gehen sie getrennte Wege.*

# Romeo und Julia

Beim Gerätehersteller hatte ich anfangs mit einer amerikanischen Unternehmensberatung zusammengearbeitet, die an der positiven Beurteilung meiner Bewerbung wesentlichen Anteil hatte. Einer der Berater war kurz darauf als Kaufmännischer Leiter in die Firma eingetreten und wurde mein Vorgesetzter. Dieser Kontakt trug letztlich dazu bei, dass ich selbst mit dieser sehr abwechslungsreichen Tätigkeit liebäugelte. Ich bewarb mich auf eine Anzeige einer der größten deutschen, international agierenden Wirtschaftsprüfungsgesellschaften in Frankfurt am Main als Leitender Organisator und wurde angenommen. Im Heer der Wirtschaftsprüfer, Steuerberater, Unternehmensberater und Rechtsanwälte war ich der einzige Nichtakademiker. Und wieder musste ich reisen, diesmal zu Mandanten der Firma.

Nur selten war ich im Büro der Zentrale meines Arbeitgebers anwesend. Wenn ich mich dort aufhielt, wohnte ich zunächst in einem Hotel im Westend, dann in gemieteten Unterkünften: in einem gepflegten Altbau nahe der Firma, auf einem Bauernhof am Rande der Stadt, in der Mansarde eines Neubaus, in einer Einliegerwohnung in Groß Gerau. Erst später logierte ich im eigenen Appartement in Bad Homburg vor der Höhe.

Wenn ich am Abend ein wenig abschalten wollte, ließ ich mich in dem einen oder anderen urigen Lokal nieder, um eine Kleinigkeit zu essen und ein Bier zu trinken. Auch am Äbbelwoi in Alt-Sachsenhausen konnte ich mich erfreuen. Ein unvergessliches Erlebnis sollte mir auf dem nicht weit davon entfernten Henninger-Turm in Erinnerung bleiben.

*Er will einmal anders ausgehen und entscheidet sich für das dort befindliche Restaurant. Etliche Leute haben die gleiche Idee, denn vor dem Aufzug in der Eingangshalle des Brauereisilos staut sich die Menge, die nach oben in das beliebte Drehrestaurant fahren will, wo dem Besucher ganz Frankfurt zu Füßen liegt. Er kennt zwar seit langem den Turm, aber in der hoch oben befindlichen Speisegaststätte hatte er noch nie das Vergnügen, das Panorama der Mainmetropole aus hundertzwanzig Metern Höhe zu betrachten. Als er oben ankommt, hat er Glück, dass er einen freien Platz unmittelbar am Fenster ergattern kann. Er bestellt ein Schnitzel mit Bratkartoffeln und ein hausgebrautes Pils. Seine Position bewegt sich nur langsam an der Stadtsilhouette entlang, bis die Altstadt mit Dom, Römer und Paulskirche, das Bankenviertel mit den Wolkenkratzern und der Main mit seinen Brücken allmählich aus seinem Blickfeld verschwinden und erst nach einer Dreihundertsechzig-Grad-Umdrehung wieder sichtbar werden. Plötzlich wird die Drehbewegung des Restaurants aus dem Gleichgewicht gebracht, als hätte die Konstruktion eine Unwucht, gefolgt von einem lauten Rattern, das an das Befahren einer Straße mit Querrillen erinnert, und einer kräftigen Erschütterung, als würde der ganze Turm ins Wanken geraten. Die ersten Gäste verwandeln sich in Bleichgesichter, bekommen es in schwindelerregender Höhe mit der Angst zu tun und geraten schließlich völlig in Panik, nachdem die ersten, in Regalen abgestellten Bierkrüge heruntergefallen und zu Bruch gegangen sind. Das Ganze spielt sich in ein paar Sekunden ab, wirkt jedoch wie eine Ewigkeit. Dann ist der Spuk mit einem Mal vorbei, kehrt allmählich wieder Ruhe ein. Nur wenige*

*Besucher verlassen das Restaurant und fahren mit dem Lift nach unten. Die übrigen Gäste, darunter auch er, verharren an ihrem Platz, brauchen aber eine Weile, bis sich ihre Gesichtsfarbe normalisiert hat.*

Am Tag darauf berichteten Presse, Rundfunk und Fernsehen, dass sich im italienischen Friaul ein Erdbeben ereignet und bis nach Süddeutschland ausgewirkt hat. Nun wusste ich, dass ich Zeuge einer Naturkatastrophe geworden und dabei glimpflich davongekommen war.

In der neuen Firma hatte die Arbeit höchste Priorität. Doch die Geselligkeit sollte nicht zu kurz kommen. So fanden zwei interessante Betriebsausflüge statt: zur Bundesgartenschau nach Mannheim, mit Ritteressen auf der Wachenburg in Weinheim an der Bergstraße, und zum Kurpark von Bad Kreuznach, mit Abendbüffet und Tanz in der Mainzer Rheingoldhalle. Letzterem ging ich geschickt aus dem Weg.

\*

Mein erstes Projekt führte mich kurioserweise nach Bochum. Bei dem Mandanten handelte es sich um einen dort ansässigen Mineralölkonzern. Gemeinsam mit einem älteren Kollegen sollte ich den Einkauf und das Personalwesen neu organisieren. Im Einkauf war vor allem das Bestellwesen verbesserungswürdig. Das heißt, bei anstehenden Investitionen, aber auch für Verbrauchsmaterial zum Beispiel im Labor, sollten günstigere Preise ausgehandelt, zusätzliche Angebote eingeholt und strengere Angebotsvergleiche durchgeführt werden. Die Beschaffung von Benzin, Diesel und Heizöl war davon nicht betroffen. Im Personalwesen sollte die Stellenbesetzung optimiert, also neben der Einstellung neuer Mitarbeiter, die erst eingearbeitet werden mussten, die Stammbelegschaft sinnvoller eingesetzt werden. Dazu bedurfte es einer umfassenden Kenntnis hinsichtlich Ausbildung, beruflicher Erfahrung, spezieller Fähigkeiten, Belastbarkeit, persönlicher Eignung und Alter. Der Führung von Personalakten und -statistiken sollte somit ein höherer Stellenwert zukommen.

Der ältere Kollege, ein komischer Kauz, der das Unternehmen und dessen Mitarbeiter aus früheren Projekten bestens kannte, hatte die Reorganisation des Einkaufs größtenteils selbst in die Hand genommen. Die Neukonzeption des Personalwesens hingegen überließ er weitgehend mir, der ja noch Erfahrungen sammeln sollte. Zudem stand der Senior kurz vor der Verabschiedung in die Rente und hatte zwangsläufig kein Interesse mehr an irgendwelchen Karriereplänen. So passierte es gelegentlich, dass er seinen Schreibtisch schon vor dem offiziellen Arbeitsende aufräumte und sich ins Hotel begab. Als Neuling in der Beraterbranche konnte ich jetzt allein agieren, nutzte die Zeit für einen Blick in die Personalakten – offiziell natürlich im Zusammenhang mit dem auszuführenden Auftrag. Dabei wollte ich mich auch über eine junge Frau informieren, die mir mehrfach auf dem Flur und in der Kantine begegnet war und mir ausgesprochen gut gefiel.

*Nach einigem Suchen findet er endlich die Akte mit ihrem Foto, erfährt so ihren Namen und notiert sich die Privatanschrift sowie die hausinterne Rufnummer. Am Tag darauf greift er kurz entschlossen zum Telefon, um ein Treffen mit ihr zu vereinbaren. Dabei stößt er auf ein freundliches Wesen, das zwar einen ersten Terminvorschlag aus irgendeinem Grund zurückweist, von einem zweiten Versuch aber nicht abgeneigt ist. Der Rest ist schnell erzählt. Beide treffen sich in einem Lokal, finden Sympathie füreinander und verlieben sich. In der Folgezeit sitzt er oft im Büro und wartet, bis der Kollege in Richtung Hotel verschwunden ist. Dann gibt er seiner neuen Flamme, der er schon kurz nach dem Kennenlernen einen Heiratsantrag gemacht hat, das Signal, ihn besuchen zu können. Eines Tages, als sie wieder einmal vor seinem Drehstuhl hockt, die Ellbogen auf die Stuhllehne gestützt, geht die Tür auf und sein Chef tritt ein. Er kommt von einem anderen Mandanten und befindet sich auf dem Rückweg nach Frankfurt am Main. Einen Augenblick lang herrscht betretenes Schweigen. Dann endlich stellt der Romeo seine Julia vor, worauf der Besucher, süffisant lächelnd, den beiden die Hand reicht. Später, als er von der Verlobung erfährt, taucht er sogar mit einem Strauß Baccara-Rosen auf.*

Während dieses Projekts hielt ich mich zunächst bei meiner Mutter auf, wohnte dann aber bei der Zukünftigen. Das Schicksal wollte es offenbar, dass ich meine Zelte erneut dort aufschlagen sollte, wo ich mich nie so richtig wohlgefühlt hatte. Wenigstens verfügte ich zu dieser Zeit mit dem Appartement im rheinland-pfälzischen Teil des Siegerlandes noch über ein Rückzugsgebiet, wo ich mich an manchen Wochenenden mit meiner Auserwählten traf.

*Jedes Mal, wenn er in ihren vier Wänden zu Gast ist, nutzt er die Gelegenheit, seine Tochter aus erster Ehe zu besuchen, die er angesichts seiner vielen Reisen schmerzlich vermisst. An einem dieser Wochenenden, als er ihr anvertraut, dass er seit der Trennung von ihrer Mutter mit einer anderen Frau zusammenlebt, stellt sie sich vor ihren Vater hin und gibt ihm kess zu verstehen, dass sie die Frau sehen möchte, und zwar sofort, andernfalls sie keine Lust mehr dazu hat. Er sieht nun keine Möglichkeit mehr, der Fünfeinhalbjährigen diesen Wunsch abzuschlagen. Wohl wissend, welche Spannungen zwischen Kindern und dem neuen Partner oder der neuen Partnerin eines Elternteils herrschen können, zieht er mit der Kleinen los – natürlich mit einem mulmigen Gefühl im Bauch, wie die Begegnung wohl ausfallen würde. Seine Bedenken lösen sich rasch in Luft auf. Mit großer Erleichterung stellt er fest, dass sich die beiden auf den ersten Blick sympathisch finden und von diesem Tag an ein Herz und eine Seele sind.*

\*

Nächste Station meines Beraterdaseins war eine Maschinenfabrik in einem kleinen Ort am Neckar. Das Werk lag auf einer Anhöhe, bestand aus einem Verwaltungsgebäude, in dem schöne alte Holztreppen die Etagen miteinander verbanden, und einzelnen Werkshallen, in denen Maschinen für das Bauhandwerk gefertigt wurden: Handkreissägen, Treppenwangenfräsen mit Schnellspannvorrichtung, Handbohr- und Kleinabrichtmaschinen sowie Balkenhobel. Das gesamte Sortiment erreichte eine erstklassige Qualität. Besonders einfallsreich war die Werbung, die als Gag ein Liederbuch mit Texten und Noten herausbrachte – speziell auf das Bauhandwerk zugeschnitten.

Mit dem Kollegen, einem Ingenieur, mit dem ich später noch öfter zusammenarbeitete, sollte ich eine Unternehmenssanierung durchführen: ich war für die kaufmännisch, mein Begleiter für die technisch erforderlichen Maßnahmen zuständig. Wie sich im Lauf der Untersuchung herausstellte, gab es zwei wesentliche Schwachstellen: zum einen die fehlende Kostenträgerrechnung, die Entscheidungen zwecks Konzentration auf profitable Erzeugnisse unmöglich machte; zum anderen die zu häufig anfallende Nacharbeit im Betrieb, die die Produktionskosten zwangsläufig in die Höhe trieb. Dank der Einsicht und Handlungsbereitschaft des Geschäftsführers konnten wir beide Schwachstellen beseitigen und das Unternehmen somit wieder konkurrenzfähig machen.

Während der Projektlaufzeit wohnten wir in einem ortsansässigen Café. Die Zimmer waren sauber, aber spartanisch, nur mit fließend warmem und kaltem Wasser, ausgestattet. Die Toilette befand sich auf dem Flur. Auch das Caférestaurant hinterließ einen bescheidenen Eindruck, konnte sich mit einer guten schwäbischen Küche jedoch sehen lassen. Hin und wieder kam es vor, dass wir mit dem Geschäftsführer fast bis Mitternacht zusammensaßen und über Problemen brüteten. Dafür wurden wir dann zum Essen eingeladen.

\*

Einen weiteren Auftrag musste ich allein ausführen – bei einem Hoch- und Tiefbaukonzern in Mannheim. Wie beim Mineralölkonzern stand auch hier eine Reorganisation des Personalwesens an. Allerdings betraf es in diesem Fall den optimalen Einsatz des gewerblichen Personals auf den Baustellen. Zu diesem Zweck entwickelte ich ein flexibles Arbeitszeitmodell – mit dem Ziel, die in Spitzenzeiten geleisteten Überstunden einem Zeitkonto gutzuschreiben, das bei Auftragsmangel abgebaut wurde, ohne dass Überstundenzuschläge bezahlt werden mussten.

Bei den Bauvorhaben handelte es sich um Großprojekte für kommunale und gewerbliche Zwecke. So errichtete das Unternehmen gerade den Fernmeldeturm in Mannheim, den ich noch als Baustelle kennenlernte. Später, im Rahmen des bereits erwähnten Betriebsausflugs zur Bundesgartenschau, konnte ich ihn besuchen. Als ich in der Aussichtskanzel in hundertzwanzig Metern Höhe stand und auf das Gelände hinabsah, wusste ich, was es bedeutete, dort oben arbeiten zu müssen. Und ich bewunderte den Mut der Bauarbeiter, wie ich dies einst bei den Bergleuten getan hatte.

Zum Übernachten zog es mich nach Weinheim an der Bergstraße, wo ich in einem kleinen Hotel mit gemütlicher Weinstube direkt am Marktplatz logierte. Dort schmeckten mir das Essen und der Rebensaft, stimmte vor allem das Preis-Leistungs-Verhältnis. Vor dem Schlafengehen drehte ich noch eine Runde um den Platz mit den vielen Schänken, aus denen ab und zu weinselige Gesänge nach draußen drangen, und ergötzte mich am Anblick der hoch über dem Städtchen thronenden Attraktionen – allen voran der Wachenburg, auf der ich später mit Kollegen an einem Ritteressen teilnahm, der Burgruine Windeck und dem Geiersberg. Besonders bei Dunkelheit, wenn die Mauern von Burg und Ruine angestrahlt wurden und wie Lampions am nachtschwarzen Himmel hingen, schien der Ort von der Neuzeit weit entfernt zu sein.

*

Nach einem halben Jahr heirateten wir im Siegerland. Aber nur in kleinstem Kreis mit meiner Mutter und ihren Eltern, nachdem ich schon zweimal nach einer ausgiebigen Feier Schiffbruch erlitten hatte. Kurz darauf zogen wir zusammen, mieteten in Bochum eine Wohnung – nicht in der Innenstadt, sondern hoch über dem landschaftlich reizvollen Ruhrtal gelegen. Fortan residierten wir zwar in einer alten Villa, aber nur im Dachgeschoss, dessen Terrasse die Räumlichkeiten drinnen an Größe übertraf. Unsere Appartements hatten wir aufgegeben. In unserem ersten gemeinsamen Zuhause fühlten wir uns wohl. Und wenn wir Appetit auf ein frisch gezapftes Pils verspürten, zogen wir hinunter ins nahegelegene Dorf und verbrachten in der alten Kneipe neben der noch älteren Kirche einen gemütlichen Abend. Ganz in der Nähe befand sich übrigens der Hof, auf dem meine Frau Reiten gelernt hatte. Von hier aus war es auch nicht mehr weit bis zur Ruhr mit dem Kemnader See, der Wasserburg Haus Kemnade und der Burg Blankenstein.

*An einem Wochenende hat sich Besuch angesagt. Seine Mutter und Großmutter geben sich die Ehre. Wie unterschiedlich die beiden sind, zeigt sich schon nach wenigen Minuten. Die Mutter wirkt verkrampft, ist nur darauf bedacht, ja nichts falsch zu machen. Die Großmutter hingegen, die stramm auf die Neunzig zugeht, genießt die*

*Zusammenkunft. Je länger sich der Nachmittag hinzieht, desto gesprächiger wird sie. Sie erzählt aus ihrer Kindheit und Jugend, von ihrem Geburtsort Königsberg und einem Besuch des Kaisers; von Masuren, wo ihre Eltern erst ein Restaurant betrieben und später das Gut des Grafen von Schlobitten verwalteten; von ihrem Urlaub im Ostseebad Zoppot, wo sie unbeschwerte Tage verbringen durfte. Und während sie erzählt, hat ihre Tochter nichts Besseres zu tun, als der alten Frau immer wieder ins Wort zu fallen, weil sie meint, dass diese das eine oder andere Ereignis nicht buchstabengetreu wiedergegeben hat.*

Meiner Frau und mir war das egal. Wir erfreuten uns an den Schilderungen aus alten Zeiten, nahmen sie sogar mit einem Tonbandgerät auf. Und jedesmal, wenn wir das Band abspielten, lauschten wir der Stimme der Großmutter, die an eine Märchenerzählerin erinnerte, aber von Zeit zu Zeit durch den theatralisch klingenden Tonfall der Mutter unterbrochen wurde.

Irgendwann ließen sich auch die Eltern meiner Frau blicken. Auch sie hatten der DDR einst den Rücken gekehrt, waren aber mit weniger Schwierigkeiten konfrontiert worden. Denn obwohl sich der Vater in den Westen abgesetzt hatte, durfte der Rest der Familie dank eines genehmigten Ausreiseantrags offiziell in die Bundesrepublik übersiedeln, ja sogar einen Teil des Hausstands mitnehmen. Nur die Großeltern mütterlicherseits, bei denen meine Frau den größten und schönsten Teil ihrer Kindheit verbracht hatte, blieben zurück – umgeben vom schmutzigen Braunkohlentagebau.

*Der Nachmittag mit den Schwiegereltern gleicht dem mit seiner Mutter und Großmutter, denn ähnlich wie die alte Frau wird jetzt der Schwiegervater zum Alleinunterhalter – nur mit dem Unterschied, dass er weniger von seiner Kindheit und Jugend erzählt, als vielmehr über Gott und die Welt lamentiert. Überhaupt spricht er ungern über die Vergangenheit: äußert sich nicht zum Dritten Reich und zur DDR; nicht einmal zu seinem Ingenieurstudium in Ilmenau; auch nicht zu seiner Tätigkeit bei einem Energiekonzern in Essen. Stattdessen plaudert er lieber über Nebensächlichkeiten, tischt Geschichten auf, die nicht unbedingt ernst genommen werden müssen, redet gern drauflos, ohne jedoch gehässig oder gar verletzend zu werden. Die Stunden vergehen, als würde sich der Uhrzeiger im Schnellgang drehen. Es wird viel gelacht, zumal der Spaßvogel bisweilen seine Frau aufs Korn nimmt, die den Humor aber nicht gepachtet hat und alles als persönlichen Angriff auslegt. Dabei ist gerade sie diejenige, die oft mit Äußerungen aufwartet, die an Taktlosigkeit kaum zu überbieten sind. So mokiert sie sich zum Beispiel über die wenigen Haare ihres Schwiegersohns, wohl wissend, dass sie selbst als junge Frau alle Haare verloren hat und seitdem eine Perücke trägt. Auf jeden Fall putzt sie die teils lustigen, teils banalen Ansagen des Schwiegervaters derart herunter, dass er sie irgendwann als dumme Kuh tituliert. Damit ist der Tag dann endgültig gelaufen.*

Eines guten Tages kam auch die in Erlangen lebende ältere Schwester meiner Frau mit ihrem Mann zu Besuch. Die Schwägerin war, wie ihr Vater, recht redselig, stand aber gern im Mittelpunkt. Der Schwager hingegen, ein sturer Franke, mit dem ich nicht unbedingt die gleiche Wellenlänge teilte, verfügte über einen trockenen Humor. Ich kann mich noch gut an den Tag erinnern, als ich dem im

Kraftwerksbau tätigen Ingenieur zum ersten Mal begegnet bin. Er wartete keineswegs mit irgendwelchen Kalauern auf, sondern überraschte mit intelligenten Wortspielen, die manchmal doppeldeutig, bisweilen auch von einer gewissen Schlagfertigkeit geprägt waren.

*Das Gastspiel der beiden im Ruhrtal ist ein Paradebeispiel für seine vortrefflich gelungenen Einlagen. Nachdem sie die Stufen bis hinauf in die Mansardenwohnung erklommen und den Fuß in die Tür gesetzt haben, aber nach wenigen Metern, die fast an einer Hand abgezählt werden können, bereits auf der Terrasse stehen, meint der Schwager trocken, dass er zum ersten Mal eine Wohnung betritt, in der man sich überwiegend im Freien aufhalten muss. Dieser Scherz ist zwar ein wenig übertrieben, trifft aber irgendwie doch den Nagel auf den Kopf.*

Im darauffolgenden Jahr wurde meine Tochter eingeschult. Auf Initiative ihrer Mutter ging sie auf die Walldorfschule. Mit der Zuckertüte in der Hand erinnerte sie mich an ein Foto, auf dem ich selbst als Abc-Schütze mit diesem Utensil zu sehen war. Ab jetzt zahlte ich nicht nur Unterhalt, sondern musste auch einen Obolus für die privat geführte Lehranstalt entrichten. Immerhin hatte sich dieser Bildungsweg für die Tochter ausgezahlt, wie sich später herausstellen sollte.

An den Wochenenden, wenn sie in der kleinen Wohnung zu Besuch war und bei schönem Wetter auf der großen Terrasse spielen konnte, kroch sie mit Vorliebe in eine aus Pappe gebastelte Hütte, die sie mit allen möglichen

Farben bemalte, manchmal auch – gemeinsam mit meiner Frau – als Versteck benutzte, um mich zu foppen.

\*

Zu einem Erlebnis der besonderen Art, an dem ich gemeinsam mit meinem Kollegen, dem Ingenieur, teilhaben durfte, wurde der Einsatz bei einer großen deutschen Forschungs- und Versuchsanstalt, deren Forschungsausgaben an insgesamt sechs Standorten durchforstet werden sollten. Dabei ging es nicht um Einsparungen bei den Forschungsprojekten, sondern um die Senkung der Gemeinkosten. Auf den Prüfstand kamen Büros, Fuhrparks und Werkstätten wie Schreinerei, Schlosserei und dergleichen. Ausgenommen waren Labors und Testanlagen.

Zunächst mussten wir in die Zentrale nahe Köln. Dort wurden innerhalb einer Woche das Pflichtenheft und der Zeitplan erstellt sowie die zu untersuchenden Abteilungen an den einzelnen Standorten festgelegt. Die Aufgabenverteilung war klar: ich kümmerte mich um die Büros und Fuhrparks, der Kollege um die Werkstätten.

*Zum Abschluss der in der Zentrale getroffenen Vorbereitungen werden sie zu einem Rundflug mit einem für Testzwecke bestimmten Flugzeug eingeladen. Mit einer viersitzigen Sportmaschine heben sie vom Flugplatz St. Augustin ab, fliegen über das Bonner Regierungsviertel mit dem emporragenden "Langen Eugen", wie das Abgeordnetenhochhaus genannt wird, und über die Eifel mit den nicht zu übersehenden Maaren, lassen die bisweilen unangenehmen Flugmanöver über sich ergehen und kehren nach einer Dreiviertelstunde wieder wohlbehalten zurück – in der Erkenntnis, dass sie sich für Testflüge wohl eher nicht eignen.*

In den folgenden Monaten besuchten wir der Reihe nach die Forschungsstandorte in Braunschweig, in Göttingen, bei Heilbronn, in Stuttgart, nahe Starnberger und Ammersee sowie in der Lüneburger Heide. Einsparungen boten sich überall an, wie sich herausstellte – wenn auch nicht in dem erhofften Maße. Auf jeden Fall wurden entsprechende Vorschläge unterbreitet. Ob deren Umsetzung in vollem Umfang stattfand, ist nicht bekannt. Übernachten konnten wir während der Aufenthalte in Braunschweig und Stuttgart in Hotels, in Göttingen und bei Heilbronn in Gästehäusern, an den restlichen Plätzen in Gasthöfen mit Fremdenzimmern ohne Dusche und WC, die sich auf dem Flur befanden, die dafür aber mit besonders guter Küche aufwarteten. In der Lüneburger Heide genossen wir Heidschnuckenbraten, nahe Starnberger und Ammersee Schweinsbraten mit Knödeln.

Etlichen herausragenden Ereignissen konnten wir als Beobachter beiwohnen: in Braunschweig der Windkanalprüfung eines neuen Airbus-Modells und der Untersuchung der Absturzursache eines Starfighters der Bundeswehr durch das Luftfahrtbundesamt; in Göttingen dem Unterwassertest eines U-Boot-Modells; und am Standort nahe Starnberger und Ammersee dem hektischen Treiben im Raumfahrt-Kontrollraum, der mit der NASA in Verbindung stand, und der gespenstischen Stille in der einige Kilometer entfernten Kommandostation mit der riesigen

Parabolantenne. Einen absoluten Höhepunkt durften wir am Standort bei Heilbronn erleben.

*Das markante Gebäude auf dem Testgelände besteht aus einem in den Hang gebauten, bunkerähnlichen Fundament, einer fast zwanzig Meter hohen Testhalle – mit einem Drehkran auf dem Dach – und einem angrenzenden, fensterlosen Massivbau. Hier sollen sie an einem simulierten Raketenstart teilnehmen. Die Begleiter betreten mit ihnen den Prüfstand und erklären ihnen den Ablauf des bevorstehenden Tests. Dann begeben sie sich gemeinsam in den Beobachtungsraum unmittelbar neben dem Kontrollraum, in dem sich das Testpersonal aufhält, der für Außenstehende aber nicht zugänglich ist. Vom Beobachtungsraum aus – hinter einer dicken Betonwand mit einem kleinen, aus starkem Glas bestehenden Fenster – können sie den Vorgang verfolgen. Schließlich ist es soweit: die Vorbereitungen sind getroffen, das Raketentriebwerk wird gezündet, ein Feuerstrahl hüllt den Prüfstand in gleißendes Licht, ein ohrenbetäubender Lärm setzt ein. Ganze fünfzehn Sekunden dauert die Simulation. Dann ist das Spektakel vorbei. Die Auswertung der Ergebnisse hingegen nimmt wesentlich mehr Zeit in Anspruch. Eines ist ihnen klar geworden. Der Verwaltungsaufwand in der Forschung ist mit dem eines Produktionsbetriebes, der sich an rationeller Fertigung orientieren muss, nicht vergleichbar. Zu ungewiss ist der Ausgang eines Forschungsvorhabens. Und allzu vieles muss lückenlos dokumentiert werden, um sich den Geldgebern gegenüber rechtfertigen zu können.*

\*

Bei dem folgenden Projekt musste das Lagerwesen unter die Lupe genommen werden. Das in Leverkusen ansässige Tochterunternehmen eines amerikanischen Chemiekonzerns war von Bochum aus gut mit der Bahn zu erreichen. Größtes Problem beim Hersteller von Titandioxyd waren die in allen Lagern zum Bilanzstichtag auftretenden Inventurdifferenzen, die durch die Einführung einer permanenten Inventur, wenn auch nicht völlig beseitigt, so doch wenigstens weitgehend eingedämmt werden konnten. Betroffen waren sowohl das Rohstoff- als auch das Warenlager. Bei dieser Form der Inventur werden die Bestände während des ganzen Geschäftsjahres in unregelmäßigen Abständen und stichprobenweise überprüft, was in der chemischen Industrie durch Wiegen geschieht, und anschließend mit der Lagerbuchführung abgeglichen.

*Die Zusammenarbeit mit den Verantwortlichen funktioniert einwandfrei. Da sie alljährlich mit gravierenden Abweichungen konfrontiert werden, kann es ihnen gar nicht schnell genug gehen, dass endlich Abhilfe geschaffen wird. Einziger Störfaktor ist der amerikanische Vertreter des Konzerns, der alles besser weiß, sich in sämtliche Lösungsentwürfe einmischt und sich vor allem mit ihm, dem Berater, ständig anlegt. Doch der kleinwüchsige Mann mit dem genuschelten Englisch kann die Umsetzung des von seinem Kontrahenten entwickelten Konzepts nicht verhindern, muss sich mit dem Einverständnis der deutschen Geschäftsführung abfinden.*

## Eine Grille namens Herbie

Nach den ständigen Reisen versuchte ich, irgendwie sesshaft zu werden. Also bewarb ich mich auf eine Anzeige in einer überregionalen Zeitung, in der ein mittelständisches Unternehmen der eisenverarbeitenden Industrie in Oberhausen einen Kaufmännischen Leiter suchte. Erwartet wurden neben einer soliden kaufmännischen Ausbildung, in der Praxis oder durch ein Studium erworben, eine mehrjährige Erfahrung in leitender Position, fließendes Englisch in Wort und Schrift, was nicht gerade meine Stärke war, und, wenn möglich, Französisch-Kenntnisse, mit denen ich schon gar nicht aufwarten konnte. Jetzt trauerte ich den Zeiten nach, in denen ich das Erlernen von Sprachen versäumt hatte. Das Russische war mir abhanden gekommen, das Englische betrieb ich nicht ernsthaft genug, um es halbwegs zu beherrschen, und das Französische blieb mir fremd. Doch trotz dieser Mängel bekam ich den Job. Die Erfahrung als Führungskraft in einem marktbeherrschenden Unternehmen und als Berater bei einer international tätigen Wirtschaftsprüfungsgesellschaft hatte ebenso den Ausschlag gegeben wie mein bestandenes Abitur am Abendgymnasium.

Als ich meinen Dienst antrat, musste ich vorübergehend improvisieren. Ich hatte kein eigenes Büro, keine Sekretärin, keinen Firmenwagen. Auch die annoncierte Zusage, Prokura zu erhalten und den Verantwortungsbereich nach eigenen Ideen gestalten zu können, ließ auf sich warten. Fest stand bisher nur, dass ich für die Bereiche Finanzen,

Rechnungswesen, Verwaltung, Einkauf und Lagerwesen, jedoch nicht für den Vertrieb zuständig war, über rund dreißig Mitarbeiter verfügte und als erste Maßnahme Teile des Rechnungswesens, nämlich Buchhaltung und Lohnabrechnung, auf EDV umstellen sollte. Die für ein fortschrittliches Unternehmen unverzichtbaren Instrumente Budgetierung, Kostenrechnung und kurzfristige Erfolgsrechnung standen nicht zur Debatte.

Mein künftiger, noch nicht beziehbarer Arbeitsplatz befand sich in der obersten Etage des dreistöckigen Verwaltungsgebäudes. Unten am Eingang saß ein Pförtner, der übertrieben streng kontrollierte, dahinter lag der Raum für Besucher. Die riesige Werkshalle schloss sich an das Verwaltungsgebäude an. Das ganze Gelände, zu dem auch eine Lagerhalle gehörte, war von einer mannshohen Mauer umgeben. Fahrzeuge, die Material anlieferten oder die fertigen Erzeugnisse abtransportierten, mussten die einzige Zufahrt passieren, die mit einem Schiebetor gesichert war und vom Pförtner per Knopfdruck geöffnet und geschlossen wurde.

Gefertigt wurden Behälter und Apparate, Rohrleitungen für Erd- und oberirdische Verlegung, Industrieheizungen, sanitäre Anlagen und Stahlbauten in geschraubter und geschweißter Ausführung. Zu den Kunden zählten Hütten-, Stahl- und Walzwerke, Raffinerien, Chemieanlagen, Gas- und Wasserwerke.

Der Inhaber der Firma, mit einem bulldoggenähnlichen Gesicht und reichlicher Körperfülle versehen, stand Neuerungen auf kaufmännischem Gebiet generell skeptisch gegenüber, wie sich im Laufe der Zeit herausstellen sollte. Er misstraute jeglichem Fortschritt auf diesem Gebiet, den er als Techniker hinsichtlich der Weiterentwicklung seiner Produkte so sehr beherzigte. Ernüchterung machte sich bei mir breit, nachdem alle meine Bemühungen, eine Modernisierung der Arbeitsabläufe in Gang zu setzen, von meinem Arbeitgeber abgeblockt wurden, dieser auf seiner antiquierten Organisation beharrte, was wohl eher nostalgische Gründe hatte. Doch damit nicht genug: der Bremser, der den Betrieb nicht selbst aufgebaut, sondern von seinem Vater übernommen hatte, sah sich durch den frischen Wind, den ihm seine neue Führungskraft ins Gesicht blies, erheblich geschwächt und versuchte den Frustrierten von nun an mit unnützen Aufgaben zu überhäufen, so dass ihm für sein kühnes Vorhaben gar keine Zeit mehr blieb.

*Der auf diese Weise Vergraulte geht nun seinerseits zum Angriff über, wobei er noch einen Gang zulegt und seinem Widersacher mit einer recht hinterhältigen Methode begegnet. An dem Apriltag nämlich, als die neuen Möbel für sein Büro eintreffen und der Firmenwagen vor der Tür steht – die Sekretärin war bereits wenige Tage vorher eingestellt worden – lässt er den nicht Anpassungswilligen lapidar wissen, dass er seine Kündigung einreicht. Regungslos, doch angesichts des Kopfschüttelns eher ungläubig, steht sein Kontrahent da, der eben im Begriff war, den Autoschlüssel zu übergeben. Dann kapiert er wohl, dass die Situation kein Aprilscherz ist, bringt aber nach wie vor keinen einzigen Ton heraus. Derweil packt sein leitender Angestellter seelenruhig die eigenen Sachen in die mitgebrachte Aktentasche, verzichtet großzügig auf sein anteiliges Gehalt und verabschiedet sich freundlich, aber ohne Handschlag. Der Düpierte wechselt jetzt die Gesichtsfarbe von kreideweiß auf blutrot, ohne die Sprache wiederzufinden. Erst, als sich der Abtrünnige schon auf dem Flur befindet, hört dieser den Mann laut fluchen, dass er die Personalberatung in Regress nehmen wird, die ihm diesen Kaufmännischen Leiter vermittelt hat.*

Aus war der Traum vom Kaufmännischen Leiter und damit von der Absicht, sesshaft zu werden. Dem spontanen Abgang folgte die Rückkehr nach Frankfurt am Main, wo ich gute Arbeit geleistet hatte, folglich mit offenen Armen empfangen wurde. Einziger Wermutstropfen war die Tatsache, dass ich jetzt erneut auf Reisen gehen musste. Die Beratertätigkeit bereitete mir nach wie vor viel Freude – war ich doch bei den Mandanten der Wirtschaftsprüfungsgesellschaft ein geschätzter Fachmann. Zudem stellte ich als Externer keine Gefahr für die Karriere der Mitarbeiter dar, selbst wenn diese mit dem ungeschriebenen Gesetz leben mussten, dass der Prophet im eigenen Haus nichts gilt.

\*

Nach zwei Jahren in der Villa gaben wir die Wohnung auf – gezwungenermaßen, weil der Hausherr Eigenbedarf angemeldet hatte. Wir kauften uns eine Eigentumswohnung in einem anderen Stadtteil, ebenfalls nahe der Ruhr gelegen, aber bei weitem nicht in einer so schönen Lage. Dafür besaßen wir seit Kurzem eine Zweitwohnung in Bad Homburg – im siebten Stock eines Hochhauses, mit einer imposanten Aussicht auf den Kurort und das Umland. Das Taunusbad, vor allem sein herrlicher Kurpark, hatte ohnehin mehr zu bieten als die Kommune im Ruhrgebiet, von der ich trotzdem nicht loskam. Dabei hatte sich das Bild auch dort gewandelt – in positiver wie in negativer Hinsicht.

*Die letzte Zeche ist längst stillgelegt, die Luft sauberer, die Stadt ansehnlicher als früher. Und Sehenswürdigkeiten sind gleichfalls vorhanden: das Planetarium und die Sternwarte, von der aus der Amateurastronom Heinz Kaminski als erster in der westlichen Welt die Sputnik-Signale aus dem Weltraum empfangen hat; das über Deutschlands Grenzen hinaus bekannte Schauspielhaus, das bedeutende Mimen hervorgebracht hat und von namhaften Intendanten wie Saladin Schmitt, Hans Schalla, Peter Zadek, Claus Peymann, Frank-Patrick Steckel und Leander Haußmann geführt worden ist; nicht zuletzt das berühmte Deutsche Bergbau-Museum, das weltweit größte seiner Art. Was keine Freude aufkommen lässt, ist der fehlende Altstadtkern, der bis auf die Probsteikirche und ein altes Fachwerkhaus im Krieg zerstört worden ist; das sind die Massen, die sich an Wochentagen durch die Fußgängerzone wälzen und an Wochenenden den Stadtpark sowie den Kemnader See bevölkern; das ist der nicht enden wollende Verkehr und die damit verbundene Aggressivität der Autofahrer; das ist die zunehmende Kriminalität, die eine regelrechte Sicherheitsphobie auslöst.*

Mit dem Einzug in die eigene Wohnung nahm ich das Studium der Wirtschaftswissenschaften wieder auf, entschied mich wegen meiner Beratertätigkeit für die Fernuniversität. Hier konnte ich am Wochenende zu Hause oder, wenn ich unterwegs war, abends im Hotel studieren. Ich belegte mehrere Kurse, erhielt per Post das Lehrmaterial, schickte die ausgefüllten Einsendearbeiten an die Kursleitung und bekam die korrigierten Blätter mit Musterlösungen zurück. Hatte ich die vorgeschriebene Anzahl Einsendearbeiten erreicht und mindestens mit der Note *ausreichend* bestanden, wurde ich zur abschließenden Klausur unter Aufsicht zugelassen. Auf diese Weise erlangte ich Leistungsscheine in verschiedenen Kursen. Im Kurs *Recht für Wirtschaftswissenschaftler* kam es erst gar nicht dazu, erlebte ich schon mit einer Einsendearbeit eine böse Überraschung.

*Ein Assistent hat eine seiner eingesandten Arbeiten mit "mangelhaft" bewertet. Beim Vergleich mit der Musterlösung stellt er jedoch volle Übereinstimmung fest. Auf seine Reklamation hin entschuldigt sich der Professor für die Panne des Mitarbeiters und ändert die Note "mangelhaft" in "sehr gut" um. Am Ende des Semesters wird er auch in diesem Fach zur Klausur zugelassen, die er unter Aufsicht an der Universität in Frankfurt am Main schreiben muss. Das Ergebnis ist niederschmetternd, die Abschlussarbeit wird erneut mit "mangelhaft" bewertet. Da ihm die Möglichkeit einer Einsichtnahme verweigert wird, hat er die Nase von den Rechtswissenschaften endgültig voll. Die logische Folge ist, dass er das Fernstudium insgesamt abbricht und sich auf seine Beratertätigkeit konzentriert. Von nun an will er beweisen, dass er als Autodidakt erfolgreich bestehen kann.*

\*

Der erste Auftrag nach meinem Neuanfang führte mich zu einem Schuhgroßhandel in der Nähe von Augsburg, wo es um die Neustrukturierung des Außendienstes ging. Die regionale Aufteilung musste dem veränderten Marktgeschehen angepasst, die Aufgabe der Vertreter weniger auf den Warenverkauf als vielmehr auf die Verkaufsförderung ausgerichtet, ein Teil des Festgehalts durch erfolgsabhängige Provisionszahlungen ersetzt werden.

Das Sortiment ließ nichts zu wünschen übrig, bot vom eleganten bis zum sportlichen Schuh die ganze Palette – allerdings nur für den Herrn. Das Vorratslager war prall gefüllt. In jedem Winkel der Halle roch es nach Leder. Das Geschäft lief gut. Die Lagerarbeiter verstauten stapelweise Kartons auf den Ladeflächen der Lieferfahrzeuge, die im Stundentakt verkehrten. Der Sachbearbeiter im Versand kam mit der Ausstellung der Papiere kaum noch nach.

Die wenigen Tage, die ich als Berater im Einsatz war, zogen sich bis zum späten Abend hin. Umso kürzer waren die Nächte, die ich in einem erstaunlich gut ausgestatteten Hotel verbrachte. Auf jeden Fall konnte das relativ kleine Projekt erfolgreich abgeschlossen werden. Zusätzlich profitierte ich von dem Mandanten, indem ich Schuhe für den privaten Bedarf aussuchen und gleich anprobieren, vor allem aber zu günstigen Preisen erwerben und sofort mitnehmen konnte.

\*

Beim nächsten Auftrag stand der Aufbau einer bis dato fehlenden Kostenrechnung in einer nicht weit vom Schwarzwald entfernten Fleischfabrik an. Ich legte ein Konzept vor, wie auf Basis der Buchhaltung ein Betriebsabrechnungsbogen erstellt werden konnte. Eine EDV-Lösung, die neben der Kostenarten- und Kostenstellenrechnung auch eine Kostenträgerrechnung ermöglicht hätte, wurde nicht angestrebt. So war die ganze Aktion nur ein halber Schritt zu mehr Kostentransparenz.

*Das Werk liegt in der Nähe des Schlachthofs. Die von dort angelieferten, abgehangenen Schlachtkörper werden von ausgebildeten Metzgern fachgerecht zerlegt – erst in grobe Stücke wie Hälften, Vorder- und Hinterviertel, dann in die einzelnen Fleischstücke. Danach werden Sehnen, Nerven und Schwarte entfernt. Beim zerlegten Schweinefleisch handelt es sich beispielsweise um Schinken, Filet, Kotelett, Eisbein usw. Was die Herstellung von Wurst betrifft, ergeben sich die einzelnen Sorten aus der Rezeptur. Dabei wird das zerkleinerte, gesalzene und gewürzte Fleisch maschinell in Kunstdarm eingefüllt und, je nach gewünschter Länge, zu einzelnen Würsten abgeklemmt. Zum Schluss wird das Ganze in großen Kesseln gekocht oder in Kammern geräuchert. Überall riecht es nach frischem Fleisch. Die Arbeit setzt größte Sauberkeit voraus, weshalb die Metzger spezielle Arbeitskleidung tragen. Zur Fleischfabrik gehören mehrere Läden. Im Hauptgeschäft kauft er, der in der Buchhaltung auf Beratungsresistenz stößt, eine wohlschmeckende Wurstsorte – eine Art Krakauer, von der er einige Kostproben mit nach Hause nimmt.*

Die wenigen Nächte verbrachte ich in Bad Liebenzell – in einem Hotel mit gemütlichem Restaurant, in dem eine Mischung aus schwäbischer und italienischer Küche zelebriert wurde. Nach dem guten und reichlichen Essen unternahm ich einen Verdauungsspaziergang, schlenderte – an der Nagold entlang – durch den schönen Kurpark und setzte mich auf eine Bank. Einmal kehrte ich danach noch auf einen Absacker in einer urigen Weinschänke ein, grübelte darüber, wie ich den wenig entscheidungsfreudigen

Buchhalter von einer sinnvolleren Lösung überzeugen konnte. Doch meine Bemühungen waren vergebens.

\*

Nach dem Besuch einer bedeutenden deutschen Forschungs- und Versuchsanstalt wurde ich mit einer weiteren Rarität konfrontiert – einem amerikanischen Radiosender in München, der während des Kalten Krieges ganz Osteuropa mit Informationen versorgte. Meine Aufgabe war es, eine Arbeitsbewertung und Leistungsbeurteilung für eine gerechtere Einstufung der Mitarbeiter zu entwickeln. Das Konzept wurde – mit nur wenigen Änderungen – angenommen und, wie ich später erfuhr, auch umgesetzt.

Die Rundfunkanstalt bestand aus einem langgestreckten Gebäude mit mehreren Seitenflügeln. Den Haupteingang zierten eine Glasfront und Blumenbeete. Wie gefährlich es für die Leute war, hier zu arbeiten, zeigte Jahre später ein Bombenanschlag auf den Sender, bei dem das Funkhaus teilweise zerstört wurde. Acht Menschen – die Hälfte davon Passanten – erlitten Verletzungen. Dabei entstand ein Sachschaden von über vier Millionen Mark.

*Neu für den Berater ist der Rundfunkbetrieb, der in allen osteuropäischen Sprachen ausgestrahlt wird, sich abwechselnd aus Nachrichten-, Diskussions- und Musiksendungen zusammensetzt. So darf er die Aufzeichnung einer in russischer Sprache geführten politischen Unterhaltung verfolgen, bei der sowjetische Emigranten zu Wort kommen. Leider versteht er so gut wie nichts mehr, hat die russische Sprache weitgehend verlernt. Danach werden russische Volkslieder abgespielt – für die russische Seele Balsam, wie an den Reaktionen der Gesprächsteilnehmer zu erkennen ist, für die Machthaber des Sowjetreichs hingegen antikommunistisches Gedankengut.*

Übernachten durfte ich in einem Vier-Sterne-Hotel. Hin und wieder zog ich von dort in den Englischen Garten, der trotz der kühlen Witterung, die einen echten Münchner nicht vom Biergartenbesuch abhält, gut besetzt war. Ich holte mir eine Maß, wie die Bayern das Bier im Liter-Krug nennen, ließ mich in der Nähe des Chinesischen Turms nieder und beobachtete die Leute, die aus aller Herren Länder stammten – teils allein, teils in Gruppen an den Tischen sitzend, mehr oder weniger vergnügt, manchmal mit Problemen bei der Artikulation kämpfend. Noch ahnte ich nicht, dass ich eines Tages die meiste Zeit meines Beraterlebens in dieser Stadt, dem größten Dorf Deutschlands, verbringen würde.

*

Einen weiteren Auftrag durfte ich bei einer Maschinenfabrik in Paderborn ausführen. Es ging um Stellenbeschreibungen für die Mitarbeiter der kaufmännischen Verwaltung. Von Bochum fuhr ich täglich mit dem Zug dorthin.

Das Stammwerk war nach modernsten Maßstäben errichtet worden. Die technische Ausstattung entsprach dem neuesten Stand. Nur bei der Halle im etwa dreißig Kilometer entfernten Zweigwerk handelte es sich um einen etwas älteren Bau. Die Technik hingegen erfüllte auch dort alle Voraussetzungen für eine optimale Fertigung. Hergestellt wurden hydraulische Scheren-Hebebühnen und Personenaufzüge, Schnellverlader und Regalbeschickungs-Anlagen.

Die Gespräche mit dem Firmeninhaber, einem technisch versierten Diplom-Ingenieur mit zahlreichen Patenten, fanden entweder in seinem Büro oder dem unmittelbar daran angrenzenden Wohnzimmer statt. Dabei ging es weniger um Sachfragen, die im Rahmen des erteilten Auftrags beantwortet werden mussten, als vielmehr um anderweitige Themen, über die der fast Siebzigjährige einfach nur quatschen wollte, wie er sich auszudrücken pflegte. Das kostete mich wertvolle Stunden, die mir nach Ablauf des vereinbarten Zeitrahmens fehlten und zu Überstunden führten. Die aber wollte der alte Geizkragen nicht bezahlen. Überhaupt schien er zu glauben, dass Leute, die für ihn tätig waren, nichts Besseres zu tun hatten, als zu jeder Tages- und Nachtzeit für ihn abrufbereit zu sein – egal, ob es sich um Externe oder die eigenen Führungskräfte handelte.

*Wenn er mangels Kondition völlig daneben ist und sich mit seinem Gesprächspartner ins Wohnzimmer zurückzieht, legt er sich aufs Sofa und lässt sich über die neuesten Ergebnisse in Kenntnis setzen. Nicht selten schläft er dabei ein und schnarcht so laut, dass eine Grille, die sich bei ihm eingenistet hat und die er "Herbie" nennt, mit zunehmender Lautstärke zirpt, so dass man meinen könnte, die beiden lärmten um die Wette. Für ihn als Berater, der seinen Auftrag zügig zu Ende bringen will, mag das zwar amüsant, aber wenig hilfreich sein – kommt er doch an solchen Tagen keinen Schritt weiter.*

\*

Ein besonders heikles Kapitel in meinem Berufsleben war der Einsatz in einer Schmuckfabrik in Pforzheim, die neben Gold- und Silberschmuck Uhrgehäuse und Brillengestelle herstellte. Als Berater sollte ich einen Beitrag zur Unternehmenssanierung leisten. Schwerpunkte, die zu der Krise führten, waren das erst vor kurzem eingeführte, aber wenig aussagefähige betriebliche Rechnungswesen, die fehlende Unternehmensplanung, was Soll-Ist-Vergleiche unmöglich machte, die wenig Erfolg versprechende Spezialisierung auf geringwertigen Schmuck und die verlustbringende Herstellung der Brillengestelle.

Ich war am Morgen in Bochum gestartet, wollte pünktlich einen Termin wahrnehmen. Das Wetter war angenehm – kein Regen, der einem Autofahrer wegen der Gefahr von Aquaplaning zu schaffen machte; auch nicht zu viel Sonne, die um die Mittagszeit, wenn ich den Großraum Frankfurt erreichen würde, im Süden stand und mich blenden konnte. Selbst der Verkehr war erstaunlich ruhig – keine Staumeldungen, nichts, was meine Fahrt irgendwie behindern konnte.

*Nur wenige Kilometer von seiner Zweitwohnung entfernt – nahe der Autobahnausfahrt Bad Homburg – passiert es dann. Urplötzlich taucht ein Kleinwagen vor ihm auf. Er versucht eine Vollbremsung, die ihm nicht gelingt, weil das bis zum Anschlag durchgetretene Pedal keine Wirkung zeigt, reißt in seiner Not das Steuer herum, um einen Auffahrunfall zu vermeiden, und trifft den Vordermann am hinteren linken Kotflügel. Das mit drei Personen besetzte Fahrzeug fliegt nach rechts, macht eine Rolle seitwärts und bleibt am Fahrbahnrand auf dem Dach liegen. Sein Wagen – genau genommen der Wagen seiner*

*Frau – dreht sich um die eigene Achse, überschlägt sich ebenfalls, aber mit einem doppelten Salto, den er noch bewusst miterlebt, und landet auf den Rädern – allerdings entgegen der Fahrtrichtung. Benommen steigt er aus – durch den Gurt und den Überrollbügel des französischen Gefährts mit einer leichten Prellung glimpflich davongekommen. Nur Gepäck und Aktentasche wurden aus dem Kofferraum heraus auf die Fahrbahn geschleudert. Auch zwei der drei Insassen des Kleinwagens haben lediglich ein paar Schrammen abbekommen. Übel erwischt hat es hingegen die Frau auf der Rückbank. Sofort herbeigeeilte Helfer, die den Unfall beobachtet und auf dem Seitenstreifen angehalten haben, ziehen sie aus dem blechernen Wrack vorsichtig heraus und leisten Erste Hilfe. Minuten später landet ein Helikopter. Ein Notarzt springt heraus und versorgt die Verletzte. Die Strecke – mittlerweile wegen eines kilometerlangen Staus total blockiert – bereitet einem Polizeifahrzeug Schwierigkeiten, sich hindurch zu manövrieren. Er, der dieses Chaos, wenn auch ohne schuldhaftes Verhalten, verursacht hat, steht noch immer sichtlich geschockt neben der Frau – darauf hoffend, dass sie mit dem Leben davonkommt. Dann endlich hebt der Hubschrauber wieder ab und fliegt das Opfer in eine Unfallklinik, wie er am Rande des Geschehens noch mitbekommt. Die Polizei – inzwischen ist ein zweiter Einsatzwagen eingetroffen und nimmt den Unfall auf – bringt ihn und die beiden Insassen des anderen Fahrzeugs vorsichtshalber in die Klinik, wo sie nach einem gründlichen Check aber wieder entlassen werden. Statt seine in der Nähe befindliche Wohnung aufzusuchen, lässt er sich mit einem Taxi erst zu einem Anwalt bringen, dem er den Fall überträgt, ehe er sich zum Bahnhof fahren lässt, wo er den nächsten Zug zurück nach Bochum nimmt. Den Termin in Pforzheim hat er schon vom Krankenhaus aus abgesagt.*

Tage später, als ich mich kurz in Frankfurt am Main aufhielt, erfuhr ich, dass die Frau nicht so schwer verletzt war, wie es zunächst den Anschein hatte. Ein Halswirbel war lediglich verstaucht. Zudem hatte sie ein Schleudertrauma erlitten. Was das Unfallfahrzeug betraf, das ich von meiner Frau geliehen hatte, weil mein Wagen in der Werkstatt war, mussten wir uns mit einem Totalschaden abfinden. Warum die Bremsen versagt hatten, blieb ungeklärt, zumal kein technischer Defekt festgestellt werden konnte.

*Seine Bemühungen, den Schmuckhersteller wieder auf Kurs zu bringen, werden vom Management zusehends torpediert. Um mehr Druck auf das Führungspersonal ausüben zu können, wird er zum kommissarischen Vorstandsmitglied ernannt, erhält das Büro seines Vorgängers, dessen Sekretärin und Firmenwagen. Er verfügt jetzt über die erforderlichen Kompetenzen. In den folgenden Wochen lässt er nichts unversucht, die uneinsichtigen Abteilungsleiter von der Notwendigkeit eines Neuanfangs zu überzeugen. Doch er stößt nach wie vor auf Widerstand. Vielleicht hätte er rigoroser durchgreifen, dem einen oder anderen den Laufpass geben müssen. Mit der Zeit sieht er ein, dass er sich als knallharter Manager nicht eignet. Letzten Endes helfen aber selbst die Versuche nicht weiter, mit Unterstützung des Aufsichtsrats bei Treffen in Schlangenbad, Karlsruhe, Frankfurt am Main und Stuttgart an große Abnehmer heranzukommen, wenn möglich sogar investitionsfreudige Geldgeber aufzuspüren. Das Gegenteil tritt ein. Zwei Großkunden aus den USA steigen mit einem Schlag aus dem Geschäft aus. Daraufhin dreht die Hausbank – ohne jede Vorankündigung – endgültig den Geldhahn zu.*

Mein Kollege und ich hatten als Vorstandsmitglieder der teils in Privatbank-, teils in Familienbesitz befindlichen Aktiengesellschaft – nach der Kündigung des Kreditengagements und dem darauf folgenden Antrag auf Eröffnung des Vergleichsverfahrens zur Abwendung des Konkurses – gemeinsam mit dem vorläufigen Vergleichsverwalter nochmals alles versucht, um Investoren für eine Fortführung des Unternehmens zu gewinnen. Sogar der Aufsichtsratsvorsitzende der Hausbank – die zugleich Hauptaktionär war, der während seines Urlaubs von der Kreditkündigung durch seine Kollegen erfuhr, war bestrebt, dem traditionsreichen Hersteller von Schmuck eine Zukunft zu ermöglichen. Doch alle Rettungsversuche waren vergeblich. Zudem gerieten mein Kollege und ich noch zusätzlich in die Bredouille, weil das Finanzamt auf der Begleichung nicht abgeführter Steuern in Höhe von einer Million Mark bestand. Und um das Maß voll zu machen, bemühte sich ein Vertreter der Gewerkschaft mit viel Polemik, dem Vorstand, der sogar mit eigenem Kapital und weiteren persönlichen Opfern in die Bresche springen wollte, den Schwarzen Peter für das Desaster zuzuschieben. Da wollte die Boulevardpresse natürlich nicht nachstehen, hatte nichts Besseres zu tun, als mit aus der Luft gegriffenen Schlagzeilen in der Öffentlichkeit für aufgeheizte Stimmung zu sorgen, worauf selbst die eher seriösen Wirtschaftsmedien hereinfielen.

Bedingt durch den Stress, den mir meine monatelange Tätigkeit als Vorstand bereitete, blieb mir keine freie Zeit. Nicht einmal in Bad Liebenzell, wo ich in dem Hotel wohnte, in dem ich schon früher einmal einquartiert war, fand ich Gelegenheit, mich wenigstens im Kurpark hin und wieder zu regenerieren. Dafür wurde ich für meinen, leider erfolglosen, Einsatz insofern entschädigt, dass ich meine Frau mit gehobenem, aber preisgünstigem Schmuck beglücken konnte.

*Im Laufe des Vergleichsverfahrens ist seinem Kollegen und ihm ein wenig mulmig zumute, sorgen doch Richter nicht selten für unangenehme Überraschungen. Auch in diesem Fall ist der Ausgang des Verfahrens völlig offen. Vor allem die Vertreter des Finanzamts wittern ihre Chance, irgendwie an ihr Geld zu kommen. Den beiden Vorstandsmitgliedern kann allerdings kein schuldhaftes Handeln nachgewiesen werden, wie sich zweifelsfrei herausstellt. Der Vergleichsantrag wurde fristgerecht eingereicht, eine Überschuldung des Unternehmens liegt nicht vor und die Zahlungsunfähigkeit wurde ausschließlich durch die Kündigung des Hausbankkredits ausgelöst. Da aber alle Bemühungen, einen finanzkräftigen Investor zu finden, fehlschlugen und eine Fortführung der Firma somit nicht gewährleistet werden kann, wird am Ende der Beschluss auf Eröffnung des Anschlusskonkursverfahrens gefasst.*

\*

Bei einem anderen Auftrag ging es darum, einem Verdacht auf Unterschlagung nachzugehen. Das amerikanische Unternehmen, das Computermonitore produzierte und dessen Hauptverwaltung in Frankfurt am Main angesiedelt war – in einem Jugendstilgebäude nicht weit vom Zentrum entfernt – hatte bei der Jahresinventur Fehlbestände festgestellt, denen Erlöse, aber keine Geldeingänge gegenüberstanden. Meine Aufgabe bestand nun darin, ein Wirtschaftsprüferteam bei der Untersuchung zu unterstützen. Der Fall konnte schließlich aufgeklärt werden. Ein leitender Angestellter hatte den Zahlungseingang für mehr als hundertfünfzig Bildschirmterminals auf ein eigenes Konto umgeleitet.

\*

Eine völlig andere Aufgabe kam auf mich zu, als ich für den Hersteller von feuerfesten Erzeugnissen in der Nähe von Koblenz die Fertigungssteuerung mit Hilfe der EDV neu organisieren, das heißt, die Umsetzung von Kundenaufträgen in Fertigungsaufträge mit optimalen Losgrößen realisieren sollte. Mein langjähriger Kollege, der als Ingenieur bis dahin für den technischen Bereich zuständig war, hatte die Wirtschaftsprüfungsgesellschaft verlassen und sich anderweitig orientiert. Damit betrat ich Neuland, das mir bisweilen Kopfschmerzen bereitete.

*Der ihm vor die Nase gesetzte, mit Prokura ausgestattete leitende Diplom-Ingenieur – wegen des Vorstandsvorsitzes seines Vaters bei einem Stahlkonzern und des Amtes seines Schwiegervaters als Konsul eines afrikanischen Staates standesgemäßer Sohn und Schwiegersohn – ist ihm keine Hilfe. Ganz im Gegenteil. Zum Gelingen des Projekts kann er überhaupt nichts beitragen – abgesehen davon, dass er von elektronischer Datenverarbeitung nichts versteht. Das hindert ihn aber nicht daran, sich vor der Geschäftsleitung des Mandanten als Macher zu präsentieren und die Lorbeeren für den Projekterfolg quasi allein zu ernten. Der Porschefahrer ist überhaupt ein seltsamer Vogel, der seit der Rückkehr von einem Studium in Großbritannien Deutsch mit Akzent spricht, als wäre Englisch seine Muttersprache.*

Das am Rhein, unmittelbar neben einem nie in Betrieb genommenen Atommeiler liegende Werk erstreckte sich über ein riesiges Areal. Die in den Hallen untergebrachten Brennöfen strahlten eine spürbare Wärme aus. Ständig war etwas in Bewegung, wurden die Öfen mit Rohmaterial beschickt, die glühenden Massen in Formen gegossen, die erkalteten Steine entnommen, auf Paletten gestapelt und verpackt. Außerdem wurde gekörntes Material in Säcke, Kartons und Behälter abgefüllt. Das Produktionsprogramm war vielseitig, umfasste Spezial-, Schamotte-, Magnesit- und Dolomitsteine sowie Roh- und Sintermagnesit, Mörtel und Massen.

Die Nächte verbrachte ich in einem Hotel inmitten des Kannenbäckerlandes – der Hochburg der Keramiker. Wo ich bei meinen Abendspaziergängen auch hinkam. Überall stand ich vor Töpfereien, wurde mit der Verarbeitung des Tones konfrontiert. Meine Frau, die sich später für dieses Handwerk nicht nur interessierte, sondern es auch als Hobby betrieb, hätte dieser Ort mit Sicherheit fasziniert.

## Der Feind hört mit

Meine Tätigkeit als Unternehmensberater machte mir Freude, zumal ich nicht zu den Berufskollegen gehörte, die ihre Mandanten mit Binsenweisheiten bombardierten, sondern mit fundierten Kenntnissen und jahrelangen Erfahrungen zu überzeugen versuchten. Einziger Nachteil war, dass ich ständig unterwegs war. So war es durchaus verständlich, erneut den Versuch zu wagen, eine feste Anstellung als Kaufmännischer Leiter zu finden – unabhängig davon, dass ich mich nicht unbedingt zum Manager berufen fühlte.

Also gab ich in einer überregionalen Zeitung eine Anzeige auf – mit einem Stellengesuch bevorzugt im Rhein-Ruhr- oder Rhein-Main-Gebiet, wo ich jeweils eigene vier Wände bewohnte. Das beste Angebot kam allerdings aus einer anderen Region, die mir völlig fremd war – nämlich aus Oberfranken, wo ein auf Bürobedarf spezialisiertes Unternehmen einen Kaufmännischen Leiter suchte. Ich verabredete einen Termin, stellte mich vor und bekam die Stelle. Verantwortungsbereich und Anzahl der Mitarbeiter entsprachen in etwa dem missglückten Versuch in Oberhausen.

In den ersten Wochen arbeitete ich mich ein, lernte meine Mitarbeiter, den Betrieb und die Produktpalette kennen. Ich besuchte sogar den firmeneigenen Messestand auf der Industrie-Messe in Hannover. Ich tat wirklich alles, um die Basis für eine erfolgreiche Zusammenarbeit zu schaffen. Stattdessen wurde ich vom Inhaber hintergangen, musste mich mit Tatsachen abfinden, die den getroffenen Vereinbarungen widersprachen. Unter anderem befand sich mein Arbeitsplatz im Großraumbüro des Neubaus und nicht in einem der zugesagten Einzelzimmer, in denen ich wesentlich ungestörter an meinen Konzepten arbeiten konnte; musste ich – entgegen den Abmachungen – die Stempeluhr betätigen, obwohl von mir als Führungskraft unbezahlte Überstunden erwartet wurden, die Gleitzeit also keinen Sinn ergab. Schließlich war es nur eine Frage der Zeit, wann das Verhältnis zu meinem Arbeitgeber irreparabel geschädigt war. Es sollte aber noch schlimmer kommen.

*Weil er als Unternehmer das Recht für sich gepachtet hat, schreckt er nicht einmal davor zurück, den eigenen Sohn vor versammelter Mannschaft bloßzustellen. Überhaupt ist ihm jedes Mittel recht, Menschen nach Belieben zu schikanieren. Den Vorgänger, dessen Platz er jetzt einnehmen darf, hat er vollends ausgebootet, eine tragische Figur aus ihm gemacht, die ihm angesichts des fortgeschrittenen Alters restlos ausgeliefert ist. Bei einem anderen leitenden Mitarbeiter, der fristgerecht gekündigt hat – mit der Absicht, sich selbstständig zu machen – geht er sogar noch einen Schritt weiter, indem er diesen von einem Detektivbüro beobachten und mit Wanzen im Büro und in der Wohnung abhören lässt. Hier zieht er aber den Kürzeren. Denn der Bespitzelte kündigt jetzt fristlos, macht sich sofort selbstständig und sitzt seinem Widersacher von nun an als ungeliebter Konkurrent im Nacken. Bei ihm, dem Kaufmännischen Leiter, kommen berechtigte Zweifel auf, ob er nicht selbst betroffen ist. Er traut dem Mann durchaus zu, auch ihn bespitzelt zu haben – nach dem Motto: Der Feind hört mit. Beweise hat er jedoch keine.*

Ich entschloss mich, dem Kollegen zu folgen – nur mit dem Unterschied, dass ich die Kündigungsfrist einhielt. Auch ich wagte jetzt den Schritt in die Selbstständigkeit – nicht in derselben Branche wie der ausgebildete Ingenieur, der vom Fach war, sondern auf meinem Spezialgebiet, der branchenunabhängigen Lösung betriebswirtschaftlicher Probleme. Von leitenden Positionen in mittelständischen Unternehmen hatte ich genug. Seit den Anfängen mit der Datenverarbeitung bestens vertraut, hoffte ich auf lukrative Projekteinsätze in Großunternehmen, in denen es weniger kleinkariert zuging. Die erneute Reisetätigkeit nahm ich notgedrungen in Kauf.

\*

Coburg, wo wir eine Penthouse-Wohnung gemietet hatten, wollten wir nicht verlassen, weil uns die Stadt und das Umland gefielen. Wir konnten auch nicht mehr zurück, weil wir an Ruhr und Main unsere Zelte abgebrochen hatten. Die Eigentumswohnung in Bochum war verkauft, die in Bad Homburg vermietet. Zudem hatte meine Frau ihren Posten als Direktionssekretärin beim Bochumer Mineralölkonzern aufgegeben. Zufällig stießen wir in der alten Residenzstadt auf ein Einfamilienhaus, das als Musterhaus zum Verkauf stand. Wir griffen zu. Für die angestrebte freiberufliche Tätigkeit war die neue Adresse durchaus geeignet. Das Haus bot genügend Platz für zwei Büros. Und der Standort eignete sich als Firmensitz, weil die Entfernung – außer in den hohen Norden – überall hin etwa gleich groß war. Auf einen Dauerauftrag bei einem Mandanten konnte ich ohnehin nicht spekulieren, musste damit rechnen, deutschlandweit an wechselnden Orten im Einsatz zu sein.

*Noch vor dem Bezug des Hauses nimmt er an einem Existenzgründungsseminar in Siegen teil – nicht weit weg von seiner früheren Wohnung im rheinland-pfälzischen Teil des Siegerlandes. Er will sich erst einmal in wichtigen Einzelfragen kundig machen, Details zu Finanzierung, Behörden, Steuern, Versicherungen, Marketing und Organisation erfahren. Der Besuch der Veranstaltung hat sich gelohnt. Jetzt weiß er, dass er als Freiberufler kein Gewerbe anmelden und nicht Pflichtmitglied bei der Industrie- und Handelskammer werden muss, für seine Buchhaltung die Einnahme-Überschuss-Rechnung in Frage kommt, er neben der Einkommensteuer auch Umsatzsteuer abführen und eine Berufshaftpflichtversicherung abschließen muss, die Finanzierung eines Dienstwagens auf Leasing-Basis erfolgen kann.*

Nach meiner Rückkehr bezogen wir das Haus, richteten unter anderem die beiden Büros ein. Ich ließ Briefpapier und Visitenkarten drucken, schaffte mir einen für die Reisen geeigneten Wagen an und gab in einer überregionalen Zeitung eine Anzeige auf, in der ich mich als freier Mitarbeiter anbot. Mir war natürlich bewusst, welches Risiko ich als Selbstständiger einging, wieviel Eigeninitiative ich ergreifen musste, um an Aufträge zu kommen. Schließlich mussten die Hypothek für das Haus abbezahlt, die laufenden Kosten für die Büros und das Fahrzeug aufgebracht und der Lebensunterhalt, auch für die in der Ausbildung befindliche Tochter, gesichert werden.

Irgendwie schaffte ich es, wie sich bald zeigen sollte. Dabei halfen mir in den ersten Jahren Beratungsfirmen, die seit langem auf dem Markt etabliert, aber mangels Fachkräften auf externe Unterstützung angewiesen waren. So kam ich in Kontakt mit Vermittlern in Frankfurt am Main, Mülheim an der Ruhr, Wiesbaden und München. Außerdem wurde ich von meiner Frau tatkräftig unterstützt, die meine Konzepte und sonstigen Unterlagen auf der Schreibmaschine abtippte.

\*

Im neuen Haus fühlten wir uns wohl. Bedingt durch meine berufliche Reisetätigkeit genoss ich die Aufenthalte daheim umso mehr. Zusätzliche Baumaßnahmen sollten die Wohnqualität noch steigern. Am Rande des kahlen, rundum einsehbaren Grundstücks wurde eine Thuja-Hecke gepflanzt, die mit einem Meter fünfzig schon recht hoch war und einen Nachbarn zu der Bemerkung hinriss, dass wir einen ganzen Wald gepflanzt hätten. Zusätzlich wurde hinter der Hecke ein relativ niedriger Bretterzaun errichtet, der das Eindringen von streunenden Hunden und Katzen allerdings nicht verhindern konnte. Auch die kleine Terrasse wurde um ein paar Meter erweitert und mit einer Markise versehen, die nur bei Windstille nützlich war. Den größten Aufwand verursachte die Entfernung eines an der Giebelseite angebrachten nutzlosen Fensters, das durch einen Innenkamin ersetzt wurde. Jetzt saßen wir nicht nur im Sommer vor dem bereits vorhandenen Außenkamin, sondern konnten uns auch im Winter am offenen Feuer erfreuen, das zudem eine wohlige Wärme ausstrahlte. Erst Jahre später wurden ein Teich angelegt, der uns einige Froschkonzerte bescherte, und ein nach allen Seiten hin offener Pavillon aufgestellt, unter dem manches Gartenfest gefeiert wurde.

\*

Gleich bei meinem ersten Projekt als selbstständiger Unternehmensberater musste ich auf Reisen gehen. Ein Fahrzeughersteller in München, auf den Bau von Personenkraftwagen im oberen Preissegment spezialisiert, wollte die Fakturierung, also die Rechnungsschreibung, für den Export neu organisieren. Das heißt, die dafür benötigten Stammdaten sollten nicht jedes Mal bei einer Rechnung erfasst und in einer Rechnungsdatei gespeichert, sondern in separaten Datenbanken – nach Kunden-, Fahrzeug- und Preisdaten getrennt – hinterlegt werden. Vereinfacht ausgedrückt: jeder Autohändler, jedes Fahrzeugmodell und jede Preiskategorie war mit den jeweils zugehörigen Daten wie zum Beispiel Lieferanschrift, Motorleistung, Grundpreis nur einmal vorhanden und musste somit nur einmal gespeichert beziehungsweise jede Änderung nur einmal gepflegt werden.

War dieses Projekt noch durch die Frankfurter Vermittler zustande gekommen, wurde mir das Folgeprojekt persönlich angeboten. Dabei ging es um die Produktionsplanung und -steuerung im Werkzeug- und Vorrichtungsbau – unter Einbeziehung einer Betriebsdatenerfassung an eigens dafür installierten Terminals. Im einzelnen mussten die manuelle Eingabe der Auftragsdaten am Bildschirm, die maschinelle Terminierung und Kapazitätsbelegung, der Ausdruck der Arbeitspapiere und die Rückmeldungen am Terminal von mir konzipiert, die Vorgaben von werkseigenen Programmierern in lauffähige Programme umgesetzt, das Ganze von mir getestet und in Form eines Anwenderhandbuchs für die Benutzer dokumentiert werden.

Um mich mit der Praxis im Werkzeug- und Vorrichtungsbau vertraut zu machen, informierte ich mich eingehend über Stanztechniken wie Zerteilen, Umformen und Fügen, über Vorrichtungen zum Bohren, Fräsen und Drehen, über Messgeräte, Lehren und Formen, über Wärmebehandlung wie Glühen und Härten. Auch in die Fahrzeugproduktion warf ich einen Blick – genauer gesagt, in die Endmontage der beiden Werke in München und Niederbayern, um die Teilevielfalt kennenzulernen. Erst mit Hilfe von Werkzeugen und Vorrichtungen ließen sich all diese Teile in Serie herstellen.

Wenn ich mich beim Mandanten aufhielt, standen mir Arbeitsplätze an verschiedenen Stellen zur Verfügung: anfangs in einer der oberen Etagen der Hauptverwaltung – dem sogenannten Zylinder; später im Großraumbüro eines Nebengebäudes; zuletzt in einem Raum des Werkzeug- und Vorrichtungsbaus auf dem Werksgelände. Die Tätigkeit war angenehm, weil ich immer nur von Dienstag bis Donnerstag vor Ort sein musste, weshalb meine Frau von Freunden und Bekannten als Di-Mi-Do-Frau bezeichnet wurde. Die übrige Zeit lebte und arbeitete ich zu Hause. Während der drei Jahre in München übernachtete ich in einem Hotel im

Olympiapark – mit Blick auf das Olympische Dorf und das Olympiastadion mit seiner einmaligen Dachkonstruktion.

Ein Ereignis sollte ganz besonders in meinem Gedächtnis haften bleiben, das unweigerlich dazu führte, dass ich Schnee und Eis nicht mehr sehen konnte. Es war an einem Donnerstag gegen sechzehn Uhr dreißig, als ich das Großraumbüro verließ, ins nahe gelegene Parkhaus eilte und mit meinem Wagen davonfuhr, um noch rechtzeitig nach Hause zu kommen. Es hatte an diesem Dezembertag leicht geregnet, bis plötzlich Eisregen einsetzte. Ausgerechnet an diesem Nachmittag mussten mir Wetterkapriolen ein Schnippchen schlagen. Am nächsten Morgen wollte ich mit meiner Frau die Mutter besuchen, die ihren fünfundsechzigsten Geburtstag feierte.

*Die Stadt bringt er noch halbwegs entspannt, wenn auch nur im Schritttempo, hinter sich. Erst auf der Autobahn wird es zunehmend kritischer. Die Fahrbahn ist nach einigen Kilometern derart glatt, dass er aufpassen muss, nicht in die Leitplanken zu rutschen. Selbst die aufgezogenen Winterreifen bereiten Probleme – abgesehen davon, dass viele noch mit Sommerreifen unterwegs sind. Am Dreieck Holledau, das nahende Chaos bereits ahnend, wagt er einen Versuch, die Nacht wohl besser im Motel der Raststätte zu verbringen. Doch das Haus ist restlos belegt. Ihm bleibt keine andere Wahl, als das Risiko der Weiterfahrt auf sich zu nehmen, selbst wenn er noch zweihundertzwanzig Kilometer zurücklegen muss. Seine Vorahnung wird Gewissheit. Zwischen den Anschlussstellen Lenting und Denkendorf geht gar nichts mehr. Vor allem die schweren Lastwagen mit Anhänger bleiben an den Steigungen hängen und kommen keinen Meter voran. Die Zeit vergeht, ohne dass sich etwas bewegt. Hinzu kommt die Kälte, die den Eisregen auf den Scheiben gefrieren lässt. Stets von Neuem muss er die Eisschicht mit einem Kratzer lösen, um überhaupt einigermaßen freie Sicht zu haben. Sage und schreibe fünf Stunden steht er mittlerweile auf der Autobahn, ohne dass seine Räder eine einzige Umdrehung gemacht haben. Dann endlich setzen sich die ersten Autos in Bewegung und kriechen zwischen den großen Zwanzig- bis Vierzigtonnern hindurch. Die Weiterfahrt ist strapaziös – auch wenn die Streufahrzeuge eifrig Salz auf der Fahrbahn verteilen. Mit viel Mühe erreicht er die Raststätte Greding. Es ist bereits kurz nach Mitternacht. Hier kann er wenigstens seine Frau anrufen, die im Radio von dem Stau gehört hat, aber nicht weiß, wie es ihm ergeht. Als sie von seiner Lage erfährt, ist sie vorerst erleichtert, obwohl er den größeren Teil der Strecke noch vor sich hat. Erst früh morgens gegen drei Uhr dreißig hat er es geschafft. Elf Stunden hat er für die Fahrt, die gewöhnlich zweieinhalb Stunden in Anspruch nimmt, benötigt, um zu Hause anzukommen. Den letzten Teil der Strecke war er sogar mutterseelenallein unterwegs, ist keiner Menschenseele begegnet. Jetzt hat er nur noch den Wunsch, ein Bier zu trinken, eine Kleinigkeit zu essen und ins Bett zu gehen. Den Besuch bei der Mutter zu ihrem runden Geburtstag sagt er am nächsten Tag ab. Er hat von Fahrten im Winter im wahrsten Sinne des Wortes die Schnauze voll.*

\*

Eines Tages kam meine Mutter zu Besuch. Weil die Entfernung zwischen Coburg und Halle – im Gegensatz zum Ruhrgebiet – nicht so groß war, äußerte sie den Wunsch, ihren Stiefsohn, den sie seit der Marienberger Zeit nicht mehr gesehen hatte, und dessen Familie aufzusuchen. Wir stimmten dem Vorhaben zu, kündigten unser Erscheinen aber vorsichtshalber per Telegramm an. Vaters Sohn aus erster Ehe hatte ich das letzte Mal vor acht Jahren in Leipzig gesehen. Da waren die Kinder noch klein. Und ich konnte mir kaum vorstellen, dass sie jetzt Teenager waren und längst die Schulbank drückten. Und wie ich aus einem Brief erfahren hatte, war die Älteste sogar mit einem jungen Mann befreundet, der bei der Nationalen Volksarmee diente. Übrigens. Erst lange nach unserem Besuch in Halle kam uns zu Ohren, dass der angehende Schwiegersohn wegen der Verwandtschaft aus dem Westen Probleme bekommen hatte, vermutlich wohl auch bespitzelt wurde. Die Kapitalisten-Neurose war derart tief in den Köpfen der Kommunisten verwurzelt, dass sie in allem und jedem den Feind sahen und entsprechend argwöhnisch reagierten.

*An einem sonnigen Tag – es ist noch mitten im Winter – fährt er mit Frau und Mutter über den Grenzübergang in Rottenbach – mit dem angeblichen Ziel, die Leipziger Messe zu besuchen. Von den Grenztruppen wird er nicht daran gehindert, obwohl der Übergang nur für den sogenannten Kleinen Grenzverkehr zugelassen ist. Es ist kalt und der Schnee türmt sich vor den Häusern der Ortschaften meterhoch auf – eine für den Thüringer Wald typische Winterlandschaft. Hier regierte schon immer die weiße Pracht, wenn im tiefer gelegenen Coburger Land noch keine einzige Flocke gefallen war. Irgendwann hat er mit seiner nicht gerade winterfreundlichen Limousine das Mittelgebirgsabenteuer hinter sich gelassen, als er ab Jena die fast trockene Autobahn bis Halle benutzen kann. Doch dann beginnt eine wahre Odyssee. Nicht etwa, dass er in der Stadt an der Saale von Schnee- oder Eisglätte überrascht oder von misstrauischer Volkspolizei raus gewunken und kontrolliert wird. Nein, weil seine Mutter die*

*Anschrift vergessen hat und nun völlig kopflos und gebetsmühlenartig "O Gott", "Mein Gott" und dergleichen wiederholt. Mit zunehmender Zeit ist er genervt. Er versucht verzweifelt, in einer Telefonzelle fündig zu werden. Doch sein Halbbruder hat wie viele, die nicht der Partei angehören, kein Telefon. Und einen Stadtplan, den er am Bahnhof zu finden hofft, gibt es in der sozialistischen Mangelwirtschaft natürlich auch nicht, um im Straßenverzeichnis nachsehen zu können. Die Polizei kann er schon gar nicht nach dem Halbbruder fragen, hat er doch die Transitstrecke nach Leipzig unerlaubt verlassen. So irrt er nahezu zwei Stunden durch alle möglichen Viertel, bis rein zufällig ein Schild mit besagtem Straßennamen auftaucht und die Mutter, in ihren Tränen fast ertrinkend, jauchzt, weil ihr beim Anblick des Schildes die Adresse wieder eingefallen ist. Aus den geplanten vier bis fünf Stunden Aufenthalt werden den Umständen entsprechend ganze zweieinhalb, die aber reichen, um ein freudiges Wiedersehen zu feiern. Bei Kaffee und Kuchen und einem abschließenden Abendbrot – beides muss wegen der Irrfahrt kurz hintereinander genossen werden – bleibt ihm wenigstens noch so viel Zeit, der musikalischen Familie seines Halbbruders auf der Violine des Neffen "Auferstanden aus Ruinen" vorzuspielen, was für allgemeine Verwunderung sorgt. Dabei hat er das Instrument seit zehn Jahren nicht mehr in der Hand gehalten.*

\*

Zwischen den beiden Münchner Projekten blieb mir Zeit, in Eigenregie einen sechswöchigen Auftrag in Oberfranken anzunehmen – bei einem Fahrzeugzulieferer, der elektronisch gesteuerte Einrichtungen produziert. Auftragsgegenstand war die Erarbeitung einer Programmvorgabe für die angestrebte maschinelle Standardkalkulation von Baugruppen und Fertigerzeugnissen auf Vollkosten- und Teilkostenbasis – bestehend aus der Analyse vorhandener Kalkulationsblätter, Stücklisten und Arbeitspläne, der Erstellung eines Konzepts und der Ausarbeitung von Arbeitsanweisungen. Die vereinbarte Zeit war knapp bemessen. Für die Arbeit vor Ort stand mir ein Büro in einer alten Villa zur Verfügung.

Die Programmvorgabe konnte schließlich fristgerecht fertiggestellt und übergeben werden. Die Realisierung hingegen ließ lange auf sich warten. Erst Jahre später erfuhr ich von der erfolgreichen Einführung der Anwendung. Der Kontakt ging mit der Zeit verloren. Auf meine Anfragen hin erhielt ich nicht mal mehr eine Antwort. Und das, obwohl ich gerade in der Fahrzeugbranche über zunehmendes Know-how und gute Referenzen verfügte, wie sich noch zeigen sollte – von meiner Ortsansässigkeit ganz zu schweigen.

*

*Eines Tages trifft eine Hiobsbotschaft aus Bochum ein. Die Schwester seiner ersten Frau hatte ihre zwei kleinen Kinder im Schlaf erstickt und wollte sich anschließend in der Ruhr ertränken. Sie konnte gerade noch gerettet werden. Für ihren Mann, die Eltern und Schwiegereltern ist es eine Tragödie, für die Gutachter angesichts ihrer psychischen Labilität die Folge von teils falscher, teils übermäßiger Medikation. Seine Tochter, die von dem Drama im Haus ihrer Großeltern erfährt, holt er sofort in Bochum ab. Mit ihren elf Jahren kann sie das schreckliche Erlebnis in seiner ganzen Tragweite noch nicht erfassen. Die Ex-Schwägerin ist danach etliche Jahre in psychiatrischer Behandlung. Ihre Ehe geht erwartungsgemäß in die Brüche.*

Der Tod der von mir so verehrten Großmutter war mit dieser traurigen Geschichte natürlich nicht vergleichbar, selbst wenn ich die alte Frau mit dem ostpreußischen Charme manchmal vermisste. Sie war nicht nur friedlich eingeschlafen, sondern hatte ein nahezu biblisches Alter von fünfundneunzig Jahren erreicht. Ihre auf Band gesprochenen Erinnerungen, auch die mit der Super-8-Kamera festgehaltenen Aufnahmen zu ihrem achtzigsten Geburtstag, waren nun umso wertvoller.

\*

Die Eigentumswohnung in Bad Homburg befand sich bislang in guten Händen. Der erste Bewohner, der beim Rundfunk in Frankfurt am Main arbeitete, war ein ausgesprochen sympathischer Mann, der seinen Verpflichtungen anstandslos nachkam. Auch der Nachfolger hinterließ einen positiven Eindruck, zahlte die Miete stets pünktlich, bis er eines Tages, ohne eine Begründung für sein Verhalten anzugeben, die Überweisungen einstellte.

*Auch nach zweimaliger schriftlicher Zahlungsaufforderung reagiert der Mann nicht, so dass es zur fristlosen Kündigung und anschließend zur Räumungsklage kommt, der vor dem örtlichen Amtsgericht stattgegeben wird. Wer nun glaubte, der Fall sei damit abgeschlossen, irrte gewaltig. Der rechtskräftig Verurteilte zieht zwar fristgerecht aus der Wohnung aus, hinterlässt auch keine Schäden, bleibt die Zahlung der rückständigen Miete jedoch schuldig. Die Folge ist ein Antrag auf Lohnpfändung, dem ebenfalls stattgegeben wird. Die daraufhin reibungslos eingehenden Ratenzahlungen legen die Vermutung nahe, dass der Säumige nicht einmal böse Absichten verfolgte. Allenfalls kann ihm Schlamperei vorgeworfen werden. Denn wie sich im Nachhinein herausstellt, verfügt er als Leiter des Rechnungswesens in einem namhaften Unternehmen über ein Einkommen, mit dem er die Miete bequem bezahlen kann. Schon von daher hätte er auf einen Zivilprozess verzichten können.*

Trotz der glimpflich verlaufenen Angelegenheit entschlossen wir uns, die Wohnung zu verkaufen. Wir wussten nur zu gut, dass wir uns von Coburg aus nicht ständig um die Immobilie kümmern konnten. Über einen Makler vor Ort fanden wir schließlich einen Käufer, erzielten einen ordentlichen Preis und waren endlich diesen Klotz am Bein los.

## Das Sprachrohr des Herrn Doktor

Der erste Großauftrag, der mir von dem in Mülheim an der Ruhr ansässigen Beratungsunternehmen erteilt wurde, führte mich zu einem weiteren Hersteller von Personenkraftwagen – diesmal in Niedersachsen. Auslöser für meinen Einsatz und den anderer Berater war die erstmals in Europa eingerichtete automatische Montage für ein neues Fahrzeugmodell, die eine Notbetriebsorganisation erforderte. Das unter Federführung der Mülheimer zusammengestellte externe Team wurde in einem Büro außerhalb des Werksgeländes untergebracht. Meine erste Aktion war ein Rundgang durch die Montagehalle, bei dem ich mir einen ersten Überblick verschaffen konnte.

*Die vollmechanisierte Montage ist durch Tunnelsysteme mit der bisherigen Fahrzeugfertigung verbunden. Auf zwei Etagen gliedert sie sich in Vor- und Endmontage. Wie von Geisterhand bewegen sich Handhabungssysteme hin und her, drehen sich Roboter um die eigene Achse, greifen zu, platzieren und verschrauben, fahren automatische Lehren hoch und tasten alles ab. Im Erdgeschoss wird der Rumpfmotor um Anlasser, Lichtmaschine und andere Teile ergänzt, der Keilriemen aufgelegt und gespannt, der komplette Triebsatz, bestehend aus Querträger, Hilfsrahmen, Motor, Getriebe, Lenkung und Federbeine, zusammengesetzt, ohne dass ein Mitarbeiter Hand anlegen muss. Hier wird auch die Frontpartie mit Kühlergrill, Scheinwerfern, Hupe und anderen Teilen selbsttätig vormontiert. Im Obergeschoss werden die zuvor in Handarbeit bestückten Karosserien vollmechanisch endmontiert, das heißt, mit Aggregaten aus der Vormontage wie Trieb-*

*satz und Hinterachse sowie sonstigen Baugruppen und Bauteilen wie Kraftstoffleitung, Batterie, Bremsleitungssystem, Kraftstoffbehälter, Abgasanlage, Frontpartie und Räder komplettiert. In dieser Halle erlebt er die zunehmende Verdrängung des Menschen aus dem Fertigungsprozess, dessen Tätigkeit wegen des Wegfalls anstrengender Überkopf-Arbeiten aber auch entscheidend humanisiert und durch die Übertragung qualifizierter Überwachungsfunktionen höher eingestuft wird.*

Mit der Einrichtung einer Notbetriebsorganisation sollte die Möglichkeit geschaffen werden, die automatische Montage falscher Aggregate, Baugruppen und Bauteile durch manuelle Eingriffe zu verhindern. Das heißt, zwecks Erfüllung von Kundenwünschen musste sichergestellt werden, dass sich an der Übergabestation von einem Transportband zur Montagestraße die fahrzeugbezogene Ausstattungsvariante befand, andernfalls ein eventueller Irrläufer von Hand zu entfernen war. Jeder Einbau eines falschen Teils zog nämlich eine nachträgliche Demontage nach sich, was erhebliche Mehrkosten verursachte und bei zig Fahrzeugen mit falsch montierten Teilen in die Millionen ging. Während der Anlaufphase wurde die konzipierte Notbetriebsorganisation anhand bewusst falsch gesteuerter Teile getestet, der gesamte Montageprozess im Zwei-Schicht-Betrieb überwacht.

*Er als Mitglied des Beraterteams, das die Maßnahmenpläne für den Notbetrieb gemeinsam ausgearbeitet hat, teilt sich den Schichteinsatz mit den Kollegen. Nur mühsam findet er bei anstehender Frühschicht aus dem Hotelbett, wird von den Frühaufstehern daraufhin vorrangig mit der Spätschicht betraut, die von vierzehn bis zweiundzwanzig Uhr dauert. Der Vorteil für ihn liegt darin, dass er nach nächtlicher Rückkehr in der Gaststube noch ein paar Pils trinken und mit dem Wirt ein kurzes Schwätzchen halten kann, ehe er zu Bett geht. Im Laufe der Schicht muss er die Auftragsnummernfolge der durch die Montagestraße laufenden Karosserien mit derjenigen der Aggregate, Baugruppen und Bauteile vergleichen, die sich auf den Transportbändern befinden. Dabei nehmen die Kontrollen zuweilen recht abenteuerliche Züge an. Vor allem im Dachgeschoss der Montagehalle muss er sich zwischen den an Halterungen aufgehängten Rohkarosserien hindurchzwängen, was größte Aufmerksamkeit erfordert. Und auch die Prüfungen an der Montagestraße und den Transportbändern im Unter- und Obergeschoss sind alles andere als ein harmloses Vergnügen. So ist er jedesmal froh, wenn er die fast menschenleere Halle nach Schichtende, noch dazu bei Nacht, heil verlassen kann.*

Gleich zu Beginn dieses Projekts passierte ein Autounfall. Wegen der bevorstehenden Frühschicht war ich kurz nach Mitternacht in Coburg aufgebrochen. An den Straßenrändern lag noch Schnee, die Straßen selbst waren trocken und gut befahrbar. Erst später in der Rhön hatte sich Feuchtigkeit auf dem Asphalt gebildet.

*Zwischen Bad Neustadt an der Saale und Bischofsheim geschieht es dann: der Wagen gerät ins Schleudern, dreht sich um hundertachtzig Grad, landet in entgegengesetzter Fahrtrichtung im schneebedeckten Straßengraben und rutscht mit gehörigem Tempo rückwärts, bis er nach etwa hundert Metern zum Stillstand kommt. Zum Glück steht kein Baum im Weg. Auch Gegenverkehr gibt es um diese Zeit noch nicht. Das Auto ist dank der dicken Schneeschicht heil geblieben, muss aber von einem Kranwagen aus dem Graben gehoben werden, ehe er weiterfahren kann. Beim Aussteigen wird ihm bewusst, wie glatt der durch dichten Wald führende Streckenabschnitt tatsächlich ist. Ein zufällig vorbeifahrender junger Mann, der später den Abschleppdienst benachrichtigt, wird durch die eingeschalteten Rückleuchten seines auf der falschen Straßenseite liegenden Fahrzeugs rechtzeitig gewarnt und drosselt das Tempo.*

Während der viertägigen Anwesenheit pro Woche übernachtete ich, wie die meisten meiner Kollegen, in einem wenige Kilometer vom Werk entfernt gelegenen Dorfhotel, in dessen Gasthof ich die gute Küche und das frisch gezapfte Pils genoss, bevorzugt Sauerfleisch mit Bratkartoffeln, die Spezialität des Hauses, oder Steaks von argentinischen Rindern aß. Hier verbrachte ich eine recht amüsante Zeit mit so mancher Feier. Fand das Betriebsfest zur Einweihung der automatischen Montage, die den Serienbetrieb einläutete, noch im Werk statt, wurde Weihnachten mit allen am Projekt Beteiligten, also auch den Mitarbeitern des Mandanten, im Gasthof gefeiert. Sogar beim Kegeln auf der hauseigenen Bahn war ich mit von der Partie. Jahre später, als ich längst woanders im Einsatz war, wurde ich zum zehnjährigen Jubiläum und zu einer Silvesterfete eingeladen. Der tragische Tod der Wirtsleute, die auf der Autobahn bei Würzburg verunglückten, löste bei allen, die in dem gastfreundlichen Haus verkehrten, einen Schock aus.

\*

Das nächste tragische Ereignis ließ nicht lange auf sich warten. Die Mutter hatte eine Cousine besucht und bekam beim Treppensteigen plötzlich keine Luft mehr. Dass sie seit Jahren mit dem Herzen Probleme hatte, war allgemein bekannt. Doch diesmal war es nicht das Herz, wie ärztliche Untersuchungen nach ihrer Rückkehr ergaben, sondern ein fortgeschrittener Lungenkrebs, der schon Metastasen im Körper gebildet hatte. Ich erinnerte mich, dass vor über zehn Jahren ein Schatten auf ihrer Lunge festgestellt worden war, sie aber nichts dagegen unternommen hatte. Nun war der Krebs so weit fortgeschritten, dass die Heilungschancen gegen Null tendierten. Dennoch ließen die Ärzte nichts unversucht, missbrauchten sie als Versuchsobjekt, indem sie den eigentlich hoffnungslosen Fall noch mit einer Chemotherapie behandelten. Am Ende waren alle medizinischen Maßnahmen nutzlos. Eine Aussicht auf Heilung bestand definitiv nicht mehr.

*Er besucht sie in den letzten Tagen vor ihrem Tod so oft er kann – trotz der weiten Anfahrt aus Coburg und der starken Beanspruchung in seinem Beruf. Das Gesicht der Mutter ist vom Tod gezeichnet, die Augen haben sich in ihre Höhlen zurückgezogen, die Wangen sind eingefallen, so dass die Knochen deutlich hervortreten. Der ganze Körper ist abgemagert, gleicht einem Skelett. Gegen die Schmerzen erhält sie Morphinpräparate, der zunehmende Luftmangel wird mit einem Inhalationsgerät bekämpft. Die Ärzte sind ratlos, auch hinsichtlich der Krankheitsursache. Geraucht hatte nur der Vater, nicht sie, weshalb vermutet wird – auch wenn es keinen eindeutigen Beleg dafür gibt – dass sie als Passivraucherin Vaters Qualmerei zum Opfer gefallen ist.*

Durch meinen Bruder, der sich wochenlang intensiv um sie gekümmert hatte, erfuhr ich eines Morgens, dass sie in der vorangegangenen Nacht von ihrem Leiden erlöst worden war. Damit waren nun alle drei verblichen, die einst mit uns beiden zweimal fliehen und jedes Mal von Neuem anfangen mussten.

\*

Im Auftrag der Mülheimer Vermittler nahm ich an einem zweiten Großprojekt teil, landete bei einer weltbekannten Maschinenfabrik auf der Schwäbischen Alb. Auch hier wurde ein Team gebildet, das, im Gegensatz zum vorherigen Projekt, spezielle Ingenieurleistungen für ein neues Werk zu erbringen hatte, und dessen Büro sich in einem Container auf dem Gelände des alten Werks befand. Nur meine Tätigkeit fiel aus dem Rahmen, entsprach derjenigen in Niedersachsen, so dass mir die dort gesammelten Erfahrungen zugute kamen. Was die Produktion betraf, gab es allerdings einen Unterschied. An die Stelle der automatischen Montage trat eine mechanische Fertigung. Um den weit schwerer zu handhabenden Notbetrieb konzipieren zu können, befasste ich mich intensiv mit den technologischen Neuerungen innerhalb des Produktionsprozesses.

*Das neue Werk beherbergt mehrere Fertigungslinien, von denen jede wiederum aus mehreren Spannkreisen besteht. Interessant ist der Fertigungsablauf innerhalb eines Spannkreises, der ohne Eingriff des Menschen, also vollmechanisiert, von statten geht. Bei den zu fertigen-*

*den Erzeugnissen handelt es sich um große Teile von Druckmaschinen, wie zum Beispiel Seitenteile, die auf Vorrichtungen, sogenannten Spannwürfeln, befestigt und innerhalb eines Spannkreises von einer Maschine zur anderen weitergeleitet werden, bis der Fertigungsprozess abgeschlossen ist. So beginnt dieser Prozess beim Spannkreis eins der Fertigungslinie eins mit dem Fräswerk, setzt sich wechselweise zwischen je zwei Bearbeitungszentren und Vielspindelmaschinen fort und endet an der Messmaschine. Die Weiterleitung erfolgt dabei über Transport-, Dreh- und Übergabezellen sowie einen Verschiebewagen. Die Steuerung der einzelnen Spannkreise übernimmt ein spezieller Steuerrechner, wobei die Maschinen NC- und die Transportmittel PC-gesteuert sind. Probleme können auftreten, wenn eine Maschine oder ein Transportmittel defekt ist. Kann keine kurzfristige Reparatur vorgenommen werden, müssen die zu bearbeitenden Teile ausgelagert, also an einer anderen Stelle weitergefertigt werden. Geregelt wird dies in der von ihm konzipierten Notbetriebsorganisation.*

Was ich jetzt im Einzelnen festzulegen und in einem Handbuch zu dokumentieren hatte, waren die Zuständigkeiten, die Aufgabenverteilung, die Notbetriebsstrategien, der Notbetriebsablauf und das Berichtswesen. Im Rahmen der Notbetriebsstrategien wurden die Prioritäten der einzelnen Spannkreise und die alternativen Vorgehensweisen bei deren Maschinen und Transportmitteln festgelegt. Das heißt, je nach Dauer eines Ausfalls musste zwischen Instandsetzung oder Verlagerung, gegebenenfalls für Handbetrieb entschieden werden. Gab es bei einer Verlagerung mehrere Ausweichmöglichkeiten, waren eventuelle Einschränkungen und Konsequenzen sowie die Höhe des Aufwands zu berücksichtigen. Wurden Produktionsfehler nicht sofort entdeckt, waren die Folgen verheerender als bei der automatischen Montage. Die Teile konnten nicht mehr verwendet, mussten stattdessen entsorgt werden.

Der tragische Krebstod eines im Team mitwirkenden, knapp dreißig Jahre alten Werksangehörigen, drückte die Stimmung, legte sich erst allmählich, ehe wieder von Feierlaune gesprochen werden konnte. Anlässe dazu gab es bei einem Ausflug zur Hiltenburg oberhalb von Bad Ditzenbach mit anschließendem Grillfest, einer Weihnachtsfeier in einem Gosbacher Gasthof und der Einweihung der ersten Fertigungslinie im neuen Werk.

*Was das insgesamt gute Betriebsklima beeinträchtigt, sind die Meinungsverschiedenheiten zwischen dem promovierten EDV-Leiter, der im Erregungszustand stottert, und dem externen Projektleiter, der sich zum Sprachrohr des Herrn Doktor macht, auf der einen Seite und ihm als Berater auf der anderen. Die Folge ist, dass die beiden Herren sein ausgereiftes, von der Geschäftsleitung inzwischen abgesegnetes Notbetriebskonzept, mit allen Mitteln blockieren und damit symbolisch in den Papierkorb werfen. Was die beiden Herren nicht bedacht haben, ist ihr baldiger Rausschmiss aus der Firma. Ob das Notbetriebskonzept später zum Einsatz kam, konnte sein Verfasser nicht mehr in Erfahrung bringen.*

Während meines wöchentlichen Fünf-Tage-Einsatzes – im Rahmen eines Projekts die längste Abwesenheit von meinem Coburger Domizil – übernachtete ich zunächst in einem Hotel, ehe ich mich für ein Appartement in einer Wohnanlage entschied, in der sich auch einige meiner Mitstreiter niedergelassen hatten. Darunter befand sich ein

Wiener Ingenieur, mit dem ich noch einige Jahre privaten Kontakt pflegte. Für das Frühstück sorgte ich selbst. Abends suchte ich einen der zahlreichen Gasthöfe auf, in denen ich mich an der schwäbischen Küche erfreute. Und ich amüsierte mich köstlich, wenn mir der Wirt erzählte, dass nur die fremden Gäste ins Lokal gingen, an den sparsamen Schwaben hingegen nicht viel zu verdienen war.

*

Noch im gleichen Jahr legten wir uns eine neue Eigentumswohnung zu – natürlich in Coburg, nur einige Kilometer von unserem Haus entfernt. Wir wollten etwas für unsere Altersversorgung tun, fanden auch sofort einen Mieter, ahnten jedoch nicht, auf wen wir uns da eingelassen hatten. Die Wohnung, die nicht wie im Taunuskurort in der siebten Etage eines achtstöckigen Hochhauses, sondern im Parterre einer Anlage mit zweigeschossigen Häusern lag, war so recht nach unserem Geschmack. Doch es waren noch keine zwei Wochen vergangen, da beschwerten sich die Miteigentümer über den nächtlichen Lärm des Mannes. Sogar die Polizei war schon eingeschaltet worden, ermahnte ihn erst und verwarnte ihn dann wegen nächtlicher Ruhestörung.

*Als er und seine Frau als Wohnungseigentümer persönlich einschreiten wollen, stellen sie zu ihrem Erstaunen fest, dass die Wohnung ausgeräumt und der Mieter verschwunden ist, ohne eine Zahlung geleistet zu haben. Bei der zuständigen Behörde erleben sie dann eine noch größere Überraschung. Auf der Suche nach dem Vertragsbrüchi-*

*gen wird ihnen vom Einwohnermeldeamt lapidar mitgeteilt, dass die neue Adresse des Mannes wegen des persönlichen Datenschutzes nicht weitergegeben werden darf.*

Jetzt war ich, der schon von den Rechtswissenschaften an der Fernuniversität genug hatte, auch von dem fragwürdigen Rechtsstaat restlos bedient. Und dabei sollten wir Jahre später noch viel absurdere Fälle erleben.

\*

Im Anschluss an die beiden Großprojekte schickten mich die Mülheimer Vermittler zu einem dritten Hersteller von Personenkraftwagen – diesmal in Hessen. Dort sollte ich mit der in München gewonnenen Erfahrung erneut eine Produktionsplanung und -steuerung einschließlich Betriebsdatenerfassung im Werkzeug- und Vorrichtungsbau auf die Beine stellen. Und in der Tat konnte ich aus dem Vollen schöpfen, ein in der Praxis bereits erprobtes Konzept vorlegen. Die Analyse der alten Fertigungssteuerung hatte zuvor eine Kollegin übernommen. Mit der Einführung sollten mehrere Ziele erreicht werden: höhere Auslastung von Personal und Maschinen, Verkürzung der Durchlaufzeiten, größere Termintreue, Vermeidung von Überstunden und Auswärtsvergaben, verbesserte Vor- und Nachkalkulation der einzelnen Aufträge, Erhöhung der Transparenz in den Werkstätten, Senkung des manuellen Aufwandes. Die Umsetzung durch die werkseigenen Programmierer verlief problemlos, konnte ohne meine Mitwirkung erfolgreich zu Ende gebracht werden.

In besonderer Erinnerung blieb mir ein Besuch im Modellbau, wo ich den aus Holz gefertigten Entwurf eines in der Entwicklung befindlichen Autos bestaunen konnte. Hier war höchste Geheimhaltung angesagt, an die ich mich selbstverständlich hielt. Sonst erlebte ich nicht allzu viel Neues, war doch sowohl mit der Fahrzeugendmontage als auch mit dem Werkzeug- und Vorrichtungsbau längst vertraut. Und meine gelegentlichen Aufenthalte vor Ort – größtenteils konnte ich zu Hause arbeiten – dienten lediglich der Information über den Projektfortschritt. Während dieser Zeit wohnte ich in einem nahe gelegenen Hotel, in dem, ganz im Gegensatz zur Unterkunft im Münchner Olympiapark, eine ziemlich steife Atmosphäre herrschte.

\*

Die nächste und zugleich letzte Station im Auftrag der Mülheimer Berater war ein mittelständisches Unternehmen im Bergischen Land, das sich als Reparaturschweißbetrieb einen Namen gemacht hatte. Auch in dieser Firma sollte die Produktionsplanung und -steuerung unter Einbeziehung einer Betriebsdatenerfassung verbessert werden. Als Lösung wurde jedoch keine umfassende EDV-Anwendung, sondern eine manuell gesteuerte Arbeitsvorbereitung favorisiert. Zu den gravierenden Problemen zählten eine erhebliche Behinderung des Gesamtablaufs durch Blitzaufträge, Änderungen in der Abarbeitungsfolge während des Fertigungsprozesses, Manipulation der Werker bei der Meldung von Zuschlägen, unvollständige Rückmeldungen, fehlende Kontrollen bei der Materialentnahme, mangelhafte Qualitätssicherung. Letztendlich wurde seitens der Geschäftsleitung entschieden, die Arbeitsvorbereitung mit Hilfe einer Ormig-Anlage und einer Plantafel zu betreiben. Beim Ormig-Verfahren werden von einem mit Schreibmaschine beschriebenen Spezialpapier Abzüge gemacht – in diesem Fall eine Laufkarte für den kompletten Reparaturauftrag sowie Lohnzettel für die einzelnen Arbeitsfolgen und Materialentnahmescheine für das jeweilige Schweißmaterial. Anhand der Plantafel lassen sich die Aufträge mittels beschrifteter Kärtchen terminlich einordnen. So kann der Arbeitsfortschritt besser verfolgt werden.

Bei den zu reparierenden Teilen handelte es sich um tonnenschwere Stücke, zum Beispiel von großen Pressen. Nach der Anlieferung mit einem Schwertransporter wurde zunächst eine Riss-Prüfung in der Werkstückannahme vorgenommen, danach eine Wärmebehandlung in der Glüherei durchgeführt, schließlich der Riss in der Schweißerei beseitigt und das Ergebnis am Ende einer Qualitätskontrolle unterzogen. Sobald der Auftrag erledigt und die Freigabe erteilt war, sorgte der Versand für die Abholung des reparierten Teils.

*Während seiner gelegentlichen Anwesenheit hält er sich im Verwaltungsgebäude auf, das eher an ein Landhaus als an einen Industriebau erinnert, und hockt mit dem Kaufmännischen Leiter im Sitzungszimmer zusammen, um über die Lösungsvorschläge zu diskutieren, die er in Coburg ausgearbeitet hat. Hin und wieder wird er zum Essen eingeladen, übernachtet in einem Café in der Innenstadt. Der Kontakt mit dem Diplom-Kaufmann hält über viele Jahre an und endet erst mit seinem überraschenden Tod. Durch ihn kommt er mit dem Personalcomputer in Berührung, wird mit dessen Betriebssystem, der Textverarbeitung und Tabellenkalkulation vertraut gemacht, wovon er später profitieren wird.*

## Invasion der Stubentiger

Wir planten ein weiteres Treffen mit meinem Halbbruder in Halle. Wieder wollten wir den Besuch mit der Leipziger Frühjahrsmesse verbinden. Diesmal benutzten wir allerdings den Grenzübergang Rudolphstein/Hirschberg in der Nähe von Hof. Wie üblich kontrollierten die Grenzposten nicht nur die Reisepässe, die sie mit einem Visumvermerk versahen, sondern auch das Fahrzeug, indem sie mit einem Spiegel den Unterboden absuchten und mit einem Draht im Tank herumstocherten. Nach einer halben Stunde konnten wir den Schlagbaum endlich passieren, mussten auf der Autobahn aber auf die vorgeschriebene Geschwindigkeit achten, um nicht in eine Radarfalle der Vopos zu geraten. Denn ohne ersichtlichen Grund, also aus reiner Schikane, hatten diese auf einzelnen Streckenabschnitten das Tempo von einhundert über achtzig und sechzig auf vierzig Stundenkilometer gedrosselt. Über Sinn und Zweck dieser Maßnahmen musste man nicht lange nachdenken. Es ging einzig und allein um das Abkassieren westdeutscher Devisen.

*An der Abfahrt Weißenfels verlassen sie unerlaubt die Transitstrecke, weil seine Frau die Gräber ihrer inzwischen verstorbenen Großeltern besuchen möchte. Auf einer holprigen Nebenstraße hoffen sie, von möglichen Polizeikontrollen verschont zu bleiben. Doch sie haben die Rechnung ohne die Vopos gemacht. Als er in die zum Heimatdorf seiner Frau führende Landstraße einbiegt, wird er von den Uniformierten bereits erwartet. Wegen des Transitvergehens muss er dem vorausfahrenden Streifenwagen in den nächsten Ort folgen, wo sie beide auf der Wache verhört werden. Während der Befragung gibt er Antworten mit ironischem Unterton, mit denen der Bonze am Schreibtisch natürlich nichts anfangen kann. Auch zwei Männer aus Offenbach zeigen wenig Respekt vor ihren unerwünschten Gastgebern. Dafür wird seine Frau beim Gang zur Toilette von einem mit Maschinengewehr ausgerüsteten Beamten begleitet. Am Ende der Veranstaltung dürfen sie zwar weiterfahren, aber nur bis zum Leipziger Messegelände und nicht, ohne fünfzig Westmark berappt zu haben.*

Aus dem Besuch des Halbbruders wurde also nichts. Per Telegramm musste er davon in Kenntnis gesetzt werden, dass uns die Weiterfahrt nach Halle verboten wurde. Erneut war damit ein unrühmliches Kapitel deutsch-deutscher Geschichte geschrieben worden.

\*

Meine Frau, die eine begeisterte Reiterin war, ließ sich keine Gelegenheit entgehen, mit der nicht weniger in Pferde vernarrten Nachbarin einen Ausritt durch das Coburger Land zu unternehmen. Querfeldein ging es – meist über Feld- und Waldwege – bis in die Nachbargemeinden, wo vor einem günstig gelegenen Landgasthof eine Pause eingelegt und ein Bier getrunken wurde, das, in eine Maß gefüllt, auch den Vierbeinern zur Erfrischung gereicht wurde. Ich selbst hatte für den Reitsport nichts übrig, saß auf einem Gaul eher wie ein Affe auf einem Schleifstein. Die beiden Frauen hingegen konnten nicht genug davon bekommen, hoch droben im Sattel zu sitzen und entspannt durch die Landschaft zu traben oder einen Galopp hinzulegen.

*Eines Tages nehmen sie an einer Fuchsjagd teil. Mit rotem Rock und schwarzem Helm bekleidet, zieht die Kolonne vom Reiterhof auf das Gelände, von dem aus das Jagdrennen gestartet werden soll. Irgendwo in einem Waldstück stößt seine Frau mit dem linken Knie gegen ein plötzlich neben ihr auftauchendes Pferd und renkt sich die Kniescheibe aus. Sie schreit vor Schmerzen so laut, dass Helfer zurückreiten und einen Krankenwagen rufen, der sie in die Klinik bringt. Er, der sie sucht und unter den Reitern nicht entdecken kann, hört von dem Malheur, fährt schnurstracks ins Krankenhaus und fragt den Pförtner, wo er seine Frau finden kann. Als er ihre Schreie vernimmt, weiß er Bescheid, muss nur den schrillen Tönen folgen. Später, als sie, mit dem Bein in Gips, nach Hause gebracht und auf einer Trage durch den Garten geschleppt wird, versammelt sich eine Schar neugieriger Kinder, die sie bis zur Terrassentür begleiten. Vermutlich ist dies das bisher Aufregendste, was die Kleinen im Neubaugebiet erleben dürfen.*

\*

Schon bald vollzog ich einen anderen wichtigen Schritt in meinem Leben. Ich trat aus der Kirche aus. Ich glaubte zwar nach wie vor an Gott, hielt aber nichts von Religionen und schon gar nichts von kirchlichen Institutionen. Ich hatte lange mit dem Vollzug gewartet, wollte meiner Mutter, die so viel von Gotteshäusern und Gottesdiensten hielt, keinen Schock versetzen. Doch jetzt lebte sie nicht mehr, konnte ich die Mitgliedschaft endlich aufkündigen, mit der ich rein gar nichts anzufangen wusste. Was mich überraschte, war die Tatsache, dass mich niemand umzustimmen oder gar zu bekehren versuchte. Ich wurde lediglich darauf hingewiesen, eine einmalige Gebühr entrichten zu müssen. Das tat ich mit Freude, sparte ich doch von nun an die Kirchensteuer.

\*

Die Wiesbadener Vermittler wollten mich für einen Auftrag bei einem Bergbauzulieferer gewinnen, von dem ich bis dahin nichts gehört hatte. Also traf ich mich mit einem langen Grauhaarigen um die fünfzig in dessen Wohnhaus, um Einzelheiten über das Projekt zu erfahren.

*Die Begegnung ist alles andere als informativ. Er will hin und wieder eine Frage stellen, kommt aber nicht zu Wort. Er denkt ernsthaft darüber nach, ob er sich auf dieses Vabanquespiel einlassen soll. Leider hat er keine Wahl. Wäre er nicht auf das Projekt angewiesen, hätte er dem Laberkopf längst einen Korb gegeben. So aber muss er sich etwas zurücknehmen. Dass der Mann, der jeglichen Blickkontakt meidet, nicht richtig tickt, wird ihm gegen Ende des Gesprächs bewusst, als eine wahre Katzeninvasion über ihn hereinbricht. Er zählt insgesamt sieben Stubentiger, die durch den Raum schleichen, auf die Polstergarnitur springen und an den Einbaumöbeln kratzen. Auf die Frage, ob er mit den Tieren allein in der Wohnung lebt, weicht er aus, murmelt nur, dass seine Frau in der oberen Etage wohnt. Vermutlich kann er auch mit ihr nicht vernünftig kommunizieren und zieht deshalb den Umgang mit den Katzen vor.*

Das Unternehmen, um das es hier ging, war im Kohlenpott ansässig – wie die meisten Bergbauzulieferer. Erst dort – bei meinem Antrittsbesuch – erfuhr ich, dass die Arbeitsvorbereitung auf EDV umgestellt werden sollte. Die Firma befasste sich mit dem Bau von Spezialmaschinen und deren Instandhaltung. Die Bohrwagen und Lader wurden im Schacht-, Tunnel- und Stollenbau eingesetzt, mussten wegen des hohen Verschleißes regelmäßig gewartet und gegebenenfalls repariert werden. Immerhin waren mir sowohl der Bergbau als auch die Arbeitsvorbereitung bestens vertraut. Das wusste mein Auftraggeber.

An den wenigen Tagen, die ich vor Ort verbringen musste, übernachtete ich in einem Bochumer Hotel. Ich nutzte dabei die Gelegenheit, mich mit meiner Tochter zu treffen, die inzwischen die Waldorfschule verlassen hatte und eine andere zur Hochschulreife führende Schule besuchte.

*Auf dem Weg ins Ruhrgebiet passieren zwei kurz aufeinander folgende Autounfälle. Nahe Warburg gerät er mit seinem neuen Allradfahrzeug auf der verschneiten Autobahn ins Schleudern, stößt erst links, dann – nach einer Drehung um hundertachtzig Grad – rechts gegen die Leitplanke und verliert durch die Wucht des Aufpralls die Kühlerhaube. Dem geringen Verkehr ist es zu verdanken, dass niemand zu Schaden kommt. Auch er selbst bleibt unverletzt. Vermutlich war er mit dem Allradantrieb nicht zurechtgekommen, hatte einfach nur falsch reagiert. Die Reparatur wird dank der Vollkasko-Versicherung vollständig beglichen, zieht auch keine Konsequenzen hinsichtlich des Schadenfreiheitsrabatts nach sich. Anders dagegen der Unfall bei Fulda. Hier prallt er bei Dunkelheit auf einen*

*Wagen, dessen Fahrer nach dem Halt an einem STOP-Schild anfährt, um gleich wieder auf die Bremse zu treten, weil er Hunderte von Metern entfernt ein paar Lichter sieht. Der Dumme ist natürlich er, weil der Auffahrende meistens der Schuldige ist – selbst, wenn das Verhalten des Vorausfahrenden Nachtblindheit und damit eine gewisse Verkehrsuntauglichkeit offenbart. Der Schaden an seinem Wagen ist derart groß, dass er abgeschleppt werden muss. Der Nachtblinde hingegen kann weiterfahren. An seinem Fahrzeug ist nur die hintere Stoßstange leicht beschädigt.*

Das dicke Ende sollte bei diesem Auftrag noch kommen. Mein Grobkonzept lag vor und wurde vom Bergbauzulieferer abgenommen. Jetzt konnte ich meine Rechnung stellen. Nur die Zahlung ließ auf sich warten. Inzwischen war die im Mahnschreiben gesetzte Frist ein zweites Mal verstrichen. Das war für mich nicht mehr hinnehmbar und Anlass genug, das Projekt unverzüglich abzubrechen. Den Geschäftsführer der Wiesbadener Unternehmensberatung interessierte es einen feuchten Kehricht, seinen Zahlungsverpflichtungen nicht nachgekommen zu sein. Unverschämt, wie er war, reichte er stattdessen Klage beim Landgericht Coburg ein, forderte sogar die doppelte Summe des Rechnungsbetrages als Schadenersatz.

*Am Tag der Verhandlung erscheint der vor Arroganz strotzende Mann – mit seinem psychisch angeschlagenen Katzenfreund, der die Projektleitung übernommen hat, und der aufgetakelten Sekretärin im Gefolge. Bei Verlesung des eindeutigen Sachverhalts wird er dem kritisch nachfragenden Richter gegenüber ziemlich pampig und muss ermahnt werden. Für ihn, den zu Unrecht Beklagten, ist es umso unverständlicher, dass der Richter und seine beiden Beisitzer die Klage nicht abschmettern und ihm den zustehenden Rechnungsbetrag zusprechen. Nein. Das Gericht entscheidet sich für den bequemeren Weg, indem es einen aus seiner Sicht lächerlichen Vergleich vorschlägt. Jede Partei soll auf ihre Forderung verzichten. Nur widerwillig gehen beide Seiten auf den Vorschlag ein, um einen längeren Rechtsstreit zu vermeiden. Damit ist er wieder einmal der Gelackmeierte, verliert nicht weniger als vierzigtausend Mark. Ihm, der von dem Juristenkram ohnehin nie viel gehalten hat, bleibt lediglich die Erkenntnis, dass die deutsche Justiz kein Recht, sondern nur ein Urteil spricht.*

## Der Tag der Wende

Auf den ersten Großauftrag bei einem Hersteller von Nutzfahrzeugen in München sollten innerhalb von zwanzig Jahren noch sechs weitere Projekte folgen – eine Erfolgsgeschichte, die ich bis dahin nicht erlebt und mit der ich in dieser Form auch nie gerechnet hatte. Zu verdanken war mein dortiger Einstieg einem Kollegen, der zum Beraterteam in Niedersachsen gehört und mich einem Münchner Beratungsunternehmen empfohlen hatte. Auslöser war das misslungene Konzept eines Diplom-Mathematikers, der für dieses Beratungsunternehmen gearbeitet hatte und mit seinen theoretischen Vorstellungen zur Lösung einer Primärbedarfsplanung gescheitert war – wobei unter Primärbedarf neben der Serienausstattung eines Fahrzeugs auch die Sonderausstattung zu verstehen ist, die der Kunde zusätzlich auswählen kann.

*Im Auftrag des Beratungsunternehmens übernimmt er jetzt das Projekt. Mit einfachen, in die Praxis umsetzbaren Berechnungsmethoden bringt er das auf Prognosen ausgerichtete System innerhalb von zwei Jahren zum Laufen. Dieser Erfolg beschert seinem Auftraggeber drei weitere Projekte, mit deren Durchführung er betraut wird und die er letztlich erfolgreich abwickelt. Und nicht nur das. Insgesamt sieben Jahre lang darf die Firma zusätzliches Personal zur Verfügung stellen, profitiert ausnahmslos von seiner Leistung. Als dann sein Einsatz beendet ist, bricht der Kontakt zu ihm ab – nach dem Motto: der Mohr hat seine Schuldigkeit getan, der Mohr kann gehen. So ist es nur konsequent, dass er das Angebot des Nutzfahrzeug-*

*Herstellers, ihm die letzten drei Projekte persönlich zu übertragen, ohne Rücksicht auf seinen bisherigen Auftraggeber annimmt und von da an in Eigenregie arbeitet. Die Kundenschutzfrist ist zu diesem Zeitpunkt ohnehin abgelaufen.*

Gleich zu Beginn machte ich mich mit der Fahrzeugpalette und deren Herstellung vertraut, besuchte die Werke in Bayern, Hessen, Niedersachsen und Österreich, warf einen Blick in die Produktion von Lastkraftwagen, Sonderfahrzeugen für Kommunen, Feuerwehr und Militär sowie Linien- und Reisebussen, informierte mich über Typen und deren Varianten, über Serien- und Sonderausstattung sowie spezielle Kundensonderwünsche, verfolgte die Fertigung von Längsträgern und anderen großen Teilen im Presswerk und von Kleinteilen an Automaten, ferner den Zusammenbau von Aggregaten wie Motoren, Vorder- und Hinterachsen, schließlich den Rohbau, die Lackierung und die Montage von Fahrerhäusern und Bussen inklusive Innenausstattung. Darüber hinaus beschäftigte ich mich mit den im Einsatz befindlichen EDV-Systemen und den hausinternen Standards zur Systementwicklung.

Auf die Primärbedarfsplanung folgte die Ablösung der letzten noch im Einsatz befindlichen Lochkarten und Lochstreifen durch dialogfähige Bildschirmanwendungen, die informationstechnische Integration des hessischen Werks in den Datenverarbeitungsverbund des Nutzfahrzeug-Konzerns sowie die Entwicklung eines Gruppenakkord-Abrechnungssystems zwecks Entlohnung auf Leistungsbasis. Später sorgte ich auf eigene Rechnung für die Einführung der seit über einem Jahrzehnt nicht vorankommenden Stücklistenorganisation, die Konzeption und Realisierung einer fahrzeugneutralen Standard- und fahrzeugbezogenen Sonderkalkulation sowie deren Anpassung an die neue Kundenauftrags-Stückliste.

*In sämtlichen Projekten ist er – wie zu Beginn seiner Selbstständigkeit – nur von Dienstag bis Donnerstag vor Ort im Einsatz. Den Rest verbringt er im heimischen Büro, wo ihm ein Personal-Computer bei der Arbeit hilft. Anfangs muss er sich noch mit einem langsamen DOS-System herumschlagen – mit geringer Speicherkapazität, Datensicherung per Diskette, die Augen strapazierenden Pixel-Zeichnungen und einem laut ratternden Nadeldrucker, der Endlospapier ausspuckte. Später wird alles leistungsfähiger und dank Windows bedienungsfreundlicher, ergänzt die Maus die Tastatur, löst die CD die Diskette ab, ersetzt der Laserdrucker den Nadeldrucker, kommen Scanner und Beamer hinzu und revolutioniert das Internet samt Email den Postverkehr. Sogar über einen Anschluss zur Datenfernübertragung auf den Zentralrechner des Nutzfahrzeug-Herstellers verfügt er – und das als einziger externer Mitarbeiter mit einer Sondergenehmigung.*

Alles in allem bereiteten mir die Projekte große Freude, wozu die gute Zusammenarbeit mit den Verantwortlichen der Fachbereiche und der Datenverarbeitung wesentlich beitrug. Aus den Geschäftskontakten erwuchsen Verbindungen, die zu Besuchen in Coburg führten. Leider gab es auch bei diesem Mandanten Ereignisse, die Bestürzung auslösten, so der Tod des für mich zuständigen Hauptabteilungsleiters, der Direktionssekretärin und eines Abteilungsleiters, die allesamt einem Krebsleiden erlagen. Mein Glück war, dass ich mit dem Nachfolger des Hauptabteilungsleiters besonders gut harmonierte, ein fast schon freundschaftliches Verhältnis pflegte. Das einzig Unbeständige während meiner Einsätze vor Ort war der häufige Bürowechsel, wobei ich mal allein, mal zu zweit, in Ausnahmefällen auch zu dritt in einem Raum saß, was bei meinem seltenen Erscheinen aber kein Problem darstellte. An das Essen in der Kantine erinnerte ich mich besonders gern, hatte es im Vergleich zu anderen Unternehmen doch Bestnoten verdient.

Gefeiert wurde hin und wieder auch. In einem Münchner Biergarten nahm ich an einem Betriebsfest teil, das zur Vertiefung mancher Kontakte führte. Ich erfreute mich an leckeren bayrischen Schmankerln und trank dazu ein paar Halbe. Vorsorglich hatte ich die S-Bahn genommen. Im Anschluss an die Eingliederung des hessischen Werks in den Nutzfahrzeug-Konzern fanden zwei Einweihungsfeiern im Stamm- und im Zweigwerk statt. In Wien wurde ich in einen privaten Weinkeller eingeladen – nicht in Grinzing, wo sich die Touristen auf die Füße treten, sondern in Floridsdorf, einem Geheimtipp der Wiener. Und nicht zuletzt revanchierte ich mich persönlich mit einer Einladung aller an den bisherigen Projekten beteiligten Mitarbeiter der Datenverarbeitung in das von mir bewohnte Hotel.

*Diese Herberge wird zu einem Dauerbrenner. Ohne die Unterbrechungszeiten verbringt er dort fünfzehn Jahre seines Beraterlebens, fühlt sich in dem gemütlichen Haus sichtlich wohl. Bestehend aus einem alten Gasthof, der zu Krustenbraten mit Knödeln einlädt, einem Gartenrestaurant, einem unter Kastanienbäumen und an einem*

*Mühlbach gelegenen Biergarten, der Wammerl, Schweinswürstl, Leberkäs und Fleischpflanzerl anbietet, und einem Hotel mit schönen und ruhigen Zimmern sowie einer ansprechenden Hotelbar, gilt die gepflegte Anlage unter Insidern als Geheimtipp. Auch seine Frau kommt gern hierher. Der Hotelier, mit dem er als Stammgast mit der Zeit persönlichen Kontakt bekommt, schmunzelt oft, wenn er sich in irgendeine Ecke zurückzieht, um dem Trubel im Biergarten oder den Diskussionen an der Bar zu entgehen. Vor allem dem Geschwätz meist nichtbayrischer Gruppen, die tagsüber an Seminaren teilnehmen und abends bei ein paar Bier ihre vermeintliche Klugheit zum Besten geben, geht er bewusst aus dem Weg; beobachtet mit leichtem Kopfschütteln diejenigen Biergartenbesucher, die ständig mit dem Handy umher stolzieren, um die Aufmerksamkeit anderer auf sich zu ziehen; amüsiert sich aber auch über die Kinder, wenn sie die Reste von Brezeln in den Mühlbach werfen und darauf warten, dass die Forellen danach schnappen.*

Ein anderes Haus war bei meiner Frau und mir nicht minder beliebt. Das in Niedersachsen gelegene Hotel mit dem urigen Dorfgasthof – uns noch aus Zeiten des dort beheimateten Herstellers von Personenkraftwagen bestens bekannt – nutzte ich auch bei meinen Besuchen im niedersächsischen Zweigwerk des Münchner Mandanten als Unterkunft. Anfangs waren wir noch bei den Wirtsleuten zu Gast, die beide als typisch norddeutsche Originale galten. Nach ihrem Unfalltod trat der Sohn an deren Stelle, der über Nacht und völlig unvorbereitet ein schweres Erbe antreten musste, dies aber erstaunlich souverän zu meistern verstand.

Aller guten Dinge sind drei. Bei meinen Auftritten im hessischen Zweigwerk übernachtete ich in einem Mainzer Hotel, nicht weit von der Altstadt entfernt, in ruhiger Lage zum Stadtpark hin, mit geräumigen Zimmern und einem exzellenten Frühstücksbüffet. Nur das Restaurant war mir zu steril, weshalb es mich in die nebenan gelegene Bierstube zog. Hier genoss ich das frisch gezapfte Pils und die gute Pfälzer Küche. Meiner Frau, die das Haus bisher nicht kennengelernt hatte, versprach ich, sie zu gegebener Zeit dorthin einzuladen – lag doch nicht nur der Park, sondern auch der Rhein unmittelbar vor der Tür.

*

Zwischendurch landete ich bei einer Papierfabrik in der Nähe der Isarmetropole. Auftragsgegenstand war die Entwicklung und Einführung eines Vertriebssystems, bestehend aus Vertriebsplanung und -abwicklung sowie einem aussagefähigen Informationssystem. Die erstmals zu entwickelnde Vertriebsplanung sollte sich aus einer manuellen Grobplanung und einer maschinellen Feinplanung zusammensetzen, mittel- und langfristige Prognosen ermöglichen. Im Rahmen der bereits bestehenden Vertriebsabwicklung waren die Stammdatenpflege für Kunden, Artikel und Preise, die Anfragen- und Auftragsbearbeitung sowie die Fakturierung, Bonus- und Provisionsabrechnung datentechnisch zu modernisieren, außerdem eine umfangreiche Archivierung sicherzustellen.

Wenn ich mich ab und zu vor Ort aufhielt, saß ich in einem Großraumbüro des Verwaltungsgebäudes. Dort konnte ich mich jederzeit mit den Fachbereichsvertretern und den Programmierern abstimmen. Die Nächte verbrachte ich im bereits erwähnten Hotel mit Gasthof, Gartenrestaurant und Biergarten. Mit der Theorie allein mochte ich mich nicht zufrieden geben. Ich wollte unbedingt die Papierherstellung kennenlernen, weshalb ich mir im Betrieb den Fertigungsablauf erläutern ließ.

*Jeder Holzstamm wird vom Holzlagerplatz geholt, in der Aufbereitungshalle maschinell entrindet und mechanisch zerkleinert, die gewonnene Holzmasse zum Zellstoffkocher befördert und dort aufgelöst, der Holzbrei nach dem Kochen gewaschen und, falls notwendig, gebleicht. Dann wandert das Ganze in die Papiermaschine, ein meterlanges Ungetüm, das die Produktionshalle in ihrer ganzen Länge einnimmt und über einen Kommandostand vollautomatisch gesteuert wird. Hier fließt der Holzbrei auf ein endlos laufendes Sieb und erhält durch seitliche Schüttelbewegung eine gleichmäßige Stärke. Es folgt eine erste Entwässerung, indem die entstandene Papierbahn zwischen zwei Walzen hindurchgeführt wird. Mit Hilfe einer Saugrolle wird sie danach vom Sieb abgehoben, auf einem Filzband weitertransportiert und zur erneuten Entwässerung zwischen zwei Walzen hindurchgeführt. Die noch immer feuchte Papierbahn läuft anschließend über eine Reihe dampfbeheizter Hohlzylinder. Sie muss langsam trocknen, damit sie nicht schrumpft. Am Ende des Herstellungsprozesses wandert sie noch durch einen Superkalander, wo sie mehrmals hintereinander geglättet und straff gespannt wird, ehe sie bei der Rollenschneidmaschine landet, die sie aufwickelt und nach Erreichen des Rollenumfangs abschneidet. Die gewaltigen Papierrollen erinnern ihn an die Coils im Kaltwalzwerk, als er sich noch mit Stahl und Blech befassen musste, nur dass diese keinen metallgrauen, sondern einen schneeweißen Glanz ausstrahlen.*

*

*Als sie den Tag der Wende mit eigenen Augen erleben, Mauer und Stacheldraht nur noch Vergangenheit sind, Hunderte, ja Tausende mit ihren Trabbis die Grenze bei Rottenbach überqueren, ein regelrechtes Hupkonzert anstimmen, ihre qualmenden Zweitakter auf den Wiesen rundum abstellen, um in Coburg ihr Begrüßungsgeld in Empfang zu nehmen, werden sie von Tränen übermannt, können noch gar nicht begreifen, was da eigentlich vor sich geht. Erst allmählich weicht das ungläubige Staunen der allgemeinen Freude, liegen sich viele Coburger mit ihren so nahen, in der Vergangenheit noch so fernen Verwandten glücklich in den Armen. Für ihn, der mit seiner Familie unter schwierigsten Bedingungen aus dem Arbeiter- und Bauernstaat fliehen musste – auch für seine Frau, die einst in Sachsen-Anhalt beheimatet war – gerät dieser Tag zum größten Ereignis in ihrem bisherigen Leben. Außerdem wohnen sie jetzt nicht mehr in der Nähe des Todesstreifens, sondern befinden sich mitten in einem grenzenlosen Deutschland.*

Elf Jahre mussten wir mit der DDR im Nacken leben, hatten die Mauer quasi vor der Haustür. Wie oft waren wir mit dem Fahrrad unterwegs durch den Callenberger Forst, standen in Schlettach oder in Sülzfeld vor dem Stacheldrahtzaun, blickten zu den Grenzposten hinüber, die entweder oben auf dem Wachturm ihren Dienst verrichteten und mit dem Feldstecher nach dem Klassenfeind Ausschau hielten, oder mit einem Militärfahrzeug den Todesstreifen auf und ab fuhren und darauf achteten, dass niemand den Arbeiter- und Bauernstaat verließ. Auf einmal war alles Vergangenheit, deutsch-deutsche Geschichte.

*Bei ihrer ersten Fahrt über die Grenze nahe Rodach müssen sie zwar den Personalausweis vorlegen, werden aber höflich durchgewinkt. Sie genießen die herrliche Landschaft, die ihnen bislang verwehrt geblieben ist, begegnen Ostdeutschen, die ihnen spontan zuwinken, als würden sie ihre Befreier begrüßen, werden gleich im ersten Ort angehalten und mit einer Thüringer Bratwurst empfangen – als Gegenleistung für die freundliche Aufnahme im Coburger Land und das großzügig gewährte Begrüßungsgeld. Ein kurzer Gedankenaustausch, ein paar Worte des Dankes machen die deutsch-deutsche Begegnung zu einem Fest der Freude. Dann fahren sie weiter, wollen mehr von dem lange Zeit unzugänglichen Land sehen, erleben dabei auch die Schattenseiten eines maroden Staates, der irgendwann sowieso pleite gegangen wäre: Straßen mit unzähligen Schlaglöchern; farblose Ortschaften, in denen nicht nur strahlende Gesichter zu finden sind; Häuser, deren qualmende Schlote den typischen Gestank von Braunkohle verbreiten; Masten mit Lautsprechern, über die das Volk mit sozialistischen Parolen genervt wurde; Zweitakter, die den Hintermann in Nebelschwaden hüllen. Alles in allem freuen sie sich auf ihr neues Hinterland, planen weitere Besuche. Kurz vor der Rückkehr verzehren sie noch ein Thüringer Rostbrätel in einem Landlokal, trinken in einer Kneipe sogar Coburger Bier, für das sich ein cleverer Wirt kurzfristig eine Ausschankgenehmigung besorgt hat, und bezahlen natürlich in D-Mark West, weil niemand das ungeliebte Ostgeld haben will.*

Endlich konnte ich auch die Stätte meiner Kindheit besuchen, was mir zu DDR-Zeiten verwehrt geblieben war.

Über Karl-Marx-Stadt, das bald wieder Chemnitz heißen sollte, nahmen wir die gut ausgebaute Straße über Zschopau nach Marienberg.

*Es ist Winter. Aber ein relativ milder. Eine verschneite Landschaft hat das sonst so schneesichere Erzgebirge, wo sich die nasskalte Masse oft wochenlang vor den Häusern auftürmt, diesmal nicht zu bieten. Sogar die Straßen, auf denen häufig Schneeketten angelegt werden müssen, sind frei befahrbar. Die Ankunft in der altehrwürdigen Bergstadt ist für ihn ein bewegender Moment. Das Zschopauer Tor steht noch, nur die Autos dürfen nicht mehr hindurch fahren, müssen einen Bogen um das Bauwerk machen. Beim Befahren der zum Marktplatz hinunter führenden Straße muss er an die waghalsigen Manöver denken, die er mit seinem Bruder riskiert hat. Dann die Überraschung. Der Platz in der Mitte des symmetrisch angelegten Ortes wirkt nicht nur auf die Augen eines Kindes gewaltig, sondern beeindruckt ihn auch heute noch. Außer dem Denkmal von Heinrich dem Frommen fällt die überdimensionale Weihnachtspyramide auf. Viel Zeit bleibt ihnen für den ersten Besuch nicht. Aber wenigstens das Haus, in dem er mit seiner Familie die Jahre vor der Flucht verbracht hat, möchte er seiner Frau zeigen. Außerdem die gegenüber liegende Kirche und die in der Nähe befindliche Schule. Mit dem Haus und der Kirche hat er Glück. Auf sein Klingeln hin öffnet der Hausmeister, führt sie bereitwillig in den Hinterhof, wo noch das Fabrikgebäude steht. Auch gegen Fragen hat der Mann nichts einzuwenden, mit deren Beantwortung er seine Neugier zu befriedigen hofft. Das Gotteshaus können sie sogar auf Anhieb betreten – ist der Pfarrer doch zufällig anwesend. Da er sich aber mit ein paar Leuten unterhält, ergibt sich für ihn selbst keine Gelegenheit für ein Ge-*

*spräch. Die Schule hingegen ist geschlossen. Es sind gerade Ferien, die erst in wenigen Tagen beendet sind.*

\*

Ein geschäftlicher Kontakt in dem flächenmäßig kleinsten der neuen Bundesländer ergab sich schon kurz nach der Wende, als die DDR formal noch existierte. Der Geschäftsführer eines VEB-Zweigbetriebs, der sich auf Polymerbeton spezialisiert hatte, war in den Gelben Seiten von Oberfranken auf mich aufmerksam geworden und wandte sich persönlich an mich. Er wollte sich Gewissheit verschaffen, inwieweit der Betrieb, dessen Produkte laut eines Gutachtens beste Marktchancen besaßen, mit den gegebenen Ressourcen überlebensfähig war.

*Mit Blick auf die Rentabilität muss er dies verneinen. Erstens ist eine Modernisierung des veralteten Maschinenparks zwingend notwendig. Und zweitens hält er eine Reduzierung der zu DDR-Zeiten aufgeblähten Belegschaft für unumgänglich. Die Frage ist, ob sich dieses Vorhaben überhaupt realisieren lässt. Der Bitte des Geschäftsführers, ein tragfähiges Konzept zu erarbeiten, kommt er nach, wobei er auf ein Honorar verzichtet. Das ist sein persönlicher Beitrag für den Aufbau Ost. Die Entscheidung der Bank fällt überraschenderweise positiv aus. Für die benötigten Investitionen werden Mittel bereitgestellt, die im Rahmen von Kreditprogrammen zur Verfügung stehen. Den Personalabbau will der Geschäftsführer selbst in die Hand nehmen. Von der Firma, die ihm als Dankeschön einen Krug aus DDR-Porzellan schenkt, hört er nie wieder etwas, kann bei späteren Fahrten durch den Thüringer Wald aber feststellen, dass sie noch existiert.*

\*

Kurz nach der Wende nahm die Tochter ihr Design-Studium an der Hochschule für Kunst in Berlin auf. Sie hatte es also geschafft, an einer exquisiten Akademie aufgenommen zu werden. Ich unterstützte sie, so gut ich konnte, kam nicht nur meiner Unterhaltspflicht nach, sondern überließ ihr zusätzlich ein Auto. Manches Seminar dauerte bis in den späten Abend hinein, was eine Heimfahrt mit U- oder S-Bahn fast zwangsläufig ausschloss – trieb sich doch gerade zu fortgeschrittener Stunde so manches Gesindel herum. Für meine Frau, die ihren bewährten Wagen geopfert hatte, musste ich nun ein neues Gefährt beschaffen.

Nun war ich an einem ersten Meilenstein auf der Skala menschlicher Existenz angekommen: der Vollendung des fünfzigsten Lebensjahres. Dieses Ereignis war mir ein besonderes Fest wert, das ich als geborenes Christkind vorsorglich auf Silvester verlegte, um nicht ohne Gäste feiern zu müssen.

*Das Einladungsschreiben gleicht einem Plakat, auf dem die Aufführung eines Lustspiels in drei Akten angekündigt wird: mit einem Vorspiel "Was Ihr wollt" – natürlich feiern; dem ersten Akt "Die Schlacht am kalten Büffet" mit Speisen, Getränken und Musik; dem zweiten Akt "So weit die Füße tragen" mit einem Dia-Rückblick auf fünfzig Jahre; dem letzten Akt "Countdown" mit Begrüßung des neuen Jahres; sowie einem Nachspiel "Wie es Euch gefällt" – hoffent-*

*lich gut, was die Gäste am Ende bestätigen. Anstelle von Geschenken wird Geld für einen wohltätigen Zweck gesammelt. Ein Bus bringt die Verwandtschaft weit nach Mitternacht vom Gasthof ins Hotel – darunter den zum ersten Mal in Coburg weilenden Halbbruder mit einem Teil seiner Familie und die polnischen Freunde aus Breslau mit ihren Töchtern. Die Reste des Büffets werden am nächsten Morgen beim gemeinsamen Frühstück vertilgt. Und die Spende, die er als Gastgeber noch aufgestockt hat, landet wenige Tage später in einem Behinderten-Wohnheim.*

Die Tochter hatte an meiner Geburtstagsnachfeier mit einem Freund teilgenommen, den sie bereits Monate früher vorgestellt hatte. Er war ein angenehmer Typ. Doch die große Liebe war es nicht. So waren meine Frau und ich keineswegs überrascht, als die Beziehung in die Brüche ging und ein anderer Mann in ihr Leben trat. Auf den Neuen mussten wir zunächst warten, kannten ihn nur von einem Foto her, das die Tochter stolz zeigte. Dass sie Hals über Kopf in ihn verliebt war, konnte sie jedenfalls nicht verbergen. Als der Tag gekommen war, an dem der junge Mann erstmals in Erscheinung trat, spürten wir sofort die Zuneigung der beiden. Auch wir fanden ihn auf Anhieb sympathisch, selbst wenn ich als Schwiegervater in spe mit seiner Haarpracht – einer Art Rastalocken – nicht viel anzufangen wusste. Konservativ, wie ich nun mal war, konnte ich mich lange Zeit nicht an die eigenwillige Frisur gewöhnen. Erst Jahre später, als er mit kurz geschnittenen Haaren auftauchte, wurde mir bewusst, dass das Outfit so schlecht nicht gewesen sein konnte. Mir war der plötzliche Wandel nämlich gar nicht aufgefallen.

\*

Die Eigentumswohnung in Coburg, mit deren Mietern wir seit dem spurlos verschwundenen nächtlichen Krawallmacher ein gutes Verhältnis hatten, verkauften wir, nachdem sie steuerlich abgeschrieben und der letzte Bewohner ausgezogen war. An deren Stelle erwarben wir von unserem Bankberater höchstpersönlich ein neunzig Jahre altes Mehrfamilienhaus in relativ gutem Zustand – mit insgesamt fünf Wohnungen, die mit den früher üblichen hohen Räumen ausgestattet waren. Wir vermieteten sie im Lauf der Jahre überwiegend an Studenten, die Wohngemeinschaften in Altbauten möglichst nahe der Hochschule bevorzugten. Natürlich blieben gelegentliche Reparaturen nicht aus, wurde einiges in den Erhalt des Anwesens gesteckt. Vor allem mussten die Heiztechnik erneuert und – nach kompletter Umstellung auf Gasversorgung – ein stählerner Heizöltank sowie eine Reihe asbestverseuchter Nachtspeicheröfen entsorgt werden. Dafür bot jetzt der ehemalige Tankkeller zusätzlichen Platz für das Abstellen von Fahrrädern. Alles in allem konnten wir mit dem Objekt zufrieden sein. Als Selbstständiger mit geringen Rentenaussichten hatten wir jetzt wenigstens für unser Alter vorgesorgt.

# Ein Brief voller Fehler

Auf Vermittlung meines Steuerberaters und meiner Hausbank, später auch eines in der Region bekannten Wirtschaftsprüfers, bekam ich Kontakt zu mittelständischen Unternehmen in Oberfranken – vornehmlich im Coburger Land. Ein alter Bekannter, Inhaber eines Bauunternehmens, wandte sich sogar persönlich an mich. Der Schwerpunkt meiner Tätigkeit in diesen Firmen lag nicht in der Entwicklung benutzerorientierter EDV-Systeme, auf die ich mich bei Großunternehmen spezialisiert hatte, sondern in der Durchführung von Betriebsanalysen – mit dem Ziel, gravierende Schwachstellen aufzudecken und entsprechende Maßnahmen zu deren Beseitigung einzuleiten. Einigen dieser Mandanten konnte ich Fördergelder vermitteln, was zur Reduzierung der Beratungskosten beitrug. Deuteten die Probleme auf ein fehlendes Frühwarnsystem hin, bot ich den Unternehmern externes Controlling an.

Den Anfang machte ein Spielwarenhändler, der Niederlassungen in Nürnberg und Hongkong besaß. Bei den Produkten handelte es sich um Plüschtiere. Gefertigt wurde in China. Am Design der Kollektion lag es sicher nicht, dass der Betrieb in die roten Zahlen gerutscht war, eher an den ausufernden Gemeinkosten, die der Besitzer nicht in den Griff bekam. So waren drastische Sparmaßnahmen unumgänglich. Anhand eines jährlich aufgestellten Budgets sollte die Einhaltung der Vorgaben überwacht werden – mit Hilfe eines Soll/Ist-Vergleichs für den laufenden Monat und das Geschäftsjahr kumuliert.

*Solange das Controlling durchgeführt wird, befindet sich das Unternehmen auf einem guten Weg. Als Dankeschön schenkt ihm der Inhaber ein in Hongkong gefertigtes Schiffsmodell der "Santa Maria". Ab dem dritten Geschäftsjahr setzt der Schlendrian ein, lässt der Mann die Zügel schleifen. Die Folge ist, dass der Berater sein Engagement beendet und die Hausbank das Kommando übernimmt, die ihren unbelehrbaren Kunden letztlich aber auch nicht retten kann. Dass der kläglich Gescheiterte, der schon im Umgang mit seinem Personal Fingerspitzengefühl vermissen lässt, mit seinem fahrlässigen Verhalten nun auch alle Arbeitsplätze aufs Spiel gesetzt hat, soll nur am Rande erwähnt werden.*

Um den nächsten Mandanten war es nicht besser bestellt. Rückläufige Umsätze bei gestiegenen Kosten führten zu Verlusten. Wegen schrumpfender Einnahmen bei wachsenden Ausgaben drohte die Zahlungsunfähigkeit. Der für die Nachfolge bestimmte älteste Sohn des Firmengründers, der sich vorrangig um die Akquisition und das Eintreiben von Außenständen kümmern sollte, hockte nur vor dem Computer und jonglierte mit Zahlen, die weder für positive Ergebnisse sorgten, noch Geld in die Kasse spülten. Dabei waren die qualitativ hochwertigen Kunststofffiguren trotz der Billigkonkurrenz aus dem Ausland wettbewerbsfähig, galten die Großkunden wie Gartencenter, Baumärkte und sonstige Händlerketten als zahlungskräftig, gab es selbst am Produktionsprozess nichts auszusetzen, wie ich bei einer Betriebsbegehung feststellen konnte.

*Mit der Produktion einer neuen Figur wird erst begonnen, wenn ein Modell und die passenden Formen dafür vorliegen. In der Zieherei entsteht zunächst das Rohprodukt. Nach dem Einfüllen einer PVC-Masse in mehrere auf einer Platte angebrachte Formen wird das Rohmaterial, dessen Mischung sich nach einer bestimmten Rezeptur richtet, mit Hilfe einer Rotationseinrichtung im Brennofen gleichmäßig auf die Forminnenwände verteilt und erhitzt. Die auf diese Weise entstandenen, noch weichen Figuren werden aus den Formen entfernt und zum Abkühlen aufgestellt. Sobald sie eine bestimmte Festigkeit erreicht haben, werden sie entgratet – um Gussränder zu beseitigen – und erhalten danach in der Spritzerei ihre Farben, die mit Spritzpistolen aufgetragen werden. Kleinere Flächen und Details, wie zum Beispiel Kordeln, werden in der Malerei zusätzlich von Hand bemalt. Vor dem abschließenden Verpacken und Einlagern der Figuren werden noch Zubehörteile wie Augen, Laternen und dergleichen eingefügt. Laut ist es im Betrieb nicht. Auch die Arbeitsplätze hinterlassen einen ordentlichen Eindruck. Lediglich der Geruch nach PVC und Farbe ist gewöhnungsbedürftig.*

Am Ende geschah, was zu erwarten war. Meine Ratschläge, ein laufendes Controlling zu betreiben, um bei negativen Abweichungen sofort gegensteuern zu können, wurden nicht befolgt, als Konsequenz die Beratung niedergelegt, das Engagement der Hausbank daraufhin beendet und die Insolvenz wegen Zahlungsunfähigkeit beantragt. Damit verschwand ein weiteres, durchaus überlebensfähiges Unternehmen infolge eklatanter Managementfehler vom Markt.

Ein in mehreren Städten Oberfrankens und Südthüringens vertretener Autoverleiher war da schon weiter. Eine

Betriebsanalyse erübrigte sich. Doch die Notwendigkeit eines standortbezogenen jährlichen Budgets mit monatlichen Soll/Ist-Vergleichen war längst erkannt worden. Auf diese Weise ließen sich die profitabelsten Stationen mit der größten Fahrzeugauslastung feststellen, konnten geeignete Maßnahmen bei den Sorgenkindern getroffen werden. Warum der sonst so weitsichtige Inhaber nach einem Jahr auf den weiteren Einsatz dieses erfolgreichen Instruments verzichtete, blieb sein Geheimnis. Immerhin hat das Unternehmen bis heute überlebt.

Der nächste Fall war weitaus schwieriger zu beurteilen als der Absatz von Plüschtieren oder Kunststofffiguren. Hier ging es um die kränkelnde Bauwirtschaft – konkret um eine Firma, die schwerpunktmäßig mit Erd- und Abbrucharbeiten befasst war, wie viele Bauunternehmen aber mit Dumpinglöhnen der osteuropäischen Konkurrenz zu kämpfen hatte. Doch auch dieses Geschäft zeigte, dass mit manchen Aufträgen, bei denen vor allem Zuverlässigkeit gefragt war, durchaus gutes Geld zu verdienen war. So blieb in einem Fall von den Umsatzerlösen – nach Abzug der Kosten für Mitarbeiterlöhne, Geräteeinsatz und Materialtransport – unter dem Strich dreimal so viel übrig wie bei den restlichen Projekten.

*Um sich künftig auf derartige Arbeiten zu konzentrieren, sollen ab sofort alle laufenden Aufträge – ähnlich wie die Stationen des Autoverleihers – auf ihre Ertragskraft hin untersucht werden. Das wiederum setzt neben der bereits bestehenden Vorkalkulation eine abschließende Nachkalkulation voraus, die nur PC-gesteuert realisierbar ist. Dem angestellten Ingenieur, der sich vom Inhaber fürstlich entlohnen lässt, ist das jedoch ein Dorn im Auge – wären doch seine Vorausberechnungen von nun an nachprüfbar. So kommt auch hier, was kommen musste. Es bleibt alles beim Alten. Bei manchen Projekten muss am Ende ordentlich draufgelegt werden, die Verluste häufen sich, der Betrieb muss schließlich dichtmachen. Das Nachsehen hat er als Berater. Im Gegensatz zu anderen Mandanten in der Region bleibt er hier auf einem Teil seiner Forderungen sitzen.*

Erfreulicher war die Zusammenarbeit mit einer Polstermöbelfabrik. Der Schwiegersohn des Inhabers hatte erkannt, dass mit seiner Kalkulation etwas nicht stimmte. Die Fertigungskosten für Materialeinsatz und Akkordlohn pro Möbelstück lagen zwar vor, konnten sogar ziemlich genau berechnet werden. Aber mit dem Gemeinkostenzuschlag haperte es. Dass die auf der Basis von Fertigungsmengen und -zeiten ermittelten Vorgaben für Material und Lohn in Ordnung waren, ließ sich beim Gang durch die Produktion nachvollziehen.

*Der Produktionsprozess beginnt mit dem Zuschneiden der Einzelteile aus Stoff, Kunststoff oder Leder. Noch nicht alle Modelle konnten auf einen computergestützten Zuschnitt umgestellt werden. Jedes Einzelteil wird anschließend auf ein Diolen-Vlies aufgenäht, das zuvor auf die passende Größe zurechtgeschnitten wurde. Aus den Einzelteilen wird der komplette Korpus genäht. Parallel zu diesem Vorgang werden in der Vorpolsterei die fremd bezogenen Holzgestelle fertig bezogen und mit Federn und Gurten ausgestattet. In der Polsterei schließlich entstehen erst die Polster aus Korpus und Schaumstoff, danach die kompletten Möbelstücke aus Gestellen, Sitz- und Rückenpolstern. Mit dem Verpacken der Polstermöbel endet der*

*Produktionsprozess. Der vorgegebene Zeitaufwand bei den einzelnen Arbeitsgängen basiert auf REFA-Zeitstudien. Im Angebot befinden sich zwei- und dreisitzige Sofas mit und ohne Armlehnen, Rundecken sowie Sessel. Typisch sind die im Betrieb auftretenden Geräusche: nicht das Zurechtschneiden von Holz in der Schreinerei, die es hier nicht gibt, weil die Gestelle von auswärts bezogen werden; eher das gleichmäßige Surren der Nähmaschinen in der Näherei, was allerdings keinen Lärm verursacht; dafür umso mehr das Tackern, also das Befestigen der Bezüge an den Gestellen.*

Für die Ermittlung des Gemeinkostenzuschlags bot sich eine praktikable Lösung an. Der Zuschlagssatz sollte künftig nicht für die Dauer eines Jahres festgelegt, sondern zweimal pro Jahr – im Frühjahr und zur Hausmesse im Herbst – angepasst werden. Dabei sollten jeweils die in Verwaltung und Vertrieb angefallenen Fixkosten des zurückliegenden Halbjahres ins Verhältnis zu den Herstellkosten des gleichen Zeitraums gesetzt werden.

Später betrieb das Unternehmen nur noch Handel mit Polstermöbeln – fertigte diese also nicht mehr selbst, sondern bezog sie von anderen Herstellern. Ob dabei der Gemeinkostenzuschlag noch auf die empfohlene Weise ermittelt wurde, war nicht zu erfahren.

Angenehm war auch die geschäftliche Beziehung zu einem anderen der Baubranche angehörenden Unternehmen, das sich auf Straßen-, Tief-, Stahlbeton- und Gleisbau spezialisiert hatte. Der mir persönlich bekannte Inhaber verfügte bereits über eine Nachkalkulation der einzelnen Baustellen, die er anhand der absoluten Deckungsbeiträge bewertete. Er war sich allerdings nicht sicher, ob er damit richtig lag. Bei der anschließenden Analyse mit Hilfe einer vom Rationalisierungskuratorium der Deutschen Wirtschaft entwickelten Ergebnisrate, die sich aus dem Produkt von absolutem und prozentualem Deckungsbeitrag ergibt, stellte sich heraus, dass seine Zweifel berechtigt waren. Nun hatte er ein Instrument an der Hand, mit dem er gezielt nach profitablen Baustellen Ausschau halten konnte.

*Später moniert er die schleppende Auftragsabwicklung. Der Berater soll den Mitarbeitern im kaufmännischen und technischen Bereich auf den Zahn fühlen. Das Ergebnis ist ernüchternd. Ein großer Teil der Tätigkeiten wird noch manuell ausgeführt. Daraufhin legt er die Arbeitsabläufe in Form von Ablaufdiagrammen neu fest und verlagert etliche Funktionen auf den Personalcomputer. Die Beratung macht sich für den Inhaber letztlich bezahlt. Beim Verkauf der Firma aus Altersgründen kann er eine aussagefähige Baustellenabrechnung und eine funktionierende Ablauforganisation übergeben.*

\*

Der Vater meiner Frau, dessen Redseligkeit mich manchmal nervte, bisweilen sogar zum Einschlafen brachte, der mit seiner lausbübischen Art aber alles andere als unsympathisch, in einer größeren Runde sogar ein guter Unterhalter war, hatte – für uns überraschend – das Zeitliche gesegnet. Der angebliche Hypochonder war offenbar kränker, als alle geglaubt hatten. Ob auch die fehlende Harmonie in seiner Ehe an dem Exodus mitschuldig war, er in seinem Leben womöglich keinen Sinn mehr sah, konnte allenfalls vermutet werden. Auf jeden Fall wurde er nach einer schlichten Trauerfeier, an der neben seiner Frau nur die beiden Töchter mit ihren Partnern teilnahmen, für immer verabschiedet und, seinem Wunsch entsprechend, anonym bestattet.

*Ein anderes familiäres Ereignis mutet eher kurios an. Sein Schwiegervater aus erster Ehe vollendet sein achtzigstes Lebensjahr bei bester Gesundheit, was dem Vater seiner Frau um ein Jahr verwehrt geblieben ist. Das Überraschende ist, dass der alte Mann ihn als seinen Ex-Schwiegersohn mitsamt Anhang eingeladen, seine ungeliebte ältere Tochter aber ausgeschlossen hat. Die Feier leidet kaum darunter, lässt doch der Kontakt der Verwandtschaft und Bekanntschaft zur Mutter seines Kindes eher zu wünschen übrig. So wird lustig drauflos gefeiert, das eine oder andere auf den Jubilar gemünzte Gedicht vorgetragen. Auch er lässt es sich nicht nehmen, auf den Ex-Schwiegervater einen Toast auszubringen, pflegen doch beide ein herzliches Verhältnis. Dass er die eigene Tochter sein Leben lang in Acht und Bann tut, kann er zwar nicht verstehen. Aber ändern kann er es auch nicht.*

\*

Parallel zu meiner Beratertätigkeit schrieb ich Fachbücher und entwickelte sogar ein PC-Programm. Den Anfang machte ich mit dem *Handbuch der innerbetrieblichen Schwachstellenanalyse*, das ich als Leitfaden für die mittelständische Wirtschaft verstand. Der Unternehmer und seine Führungskräfte sollten in die Lage versetzt werden, die gravierenden Schwachstellen aufdecken und durch geeignete Maßnahmen beheben zu können. Ergänzend zu den umfangreichen Checklisten wurden Hinweise auf informative Beiträge in der Standardliteratur und ein detailliertes Stichwortverzeichnis mitgeliefert. Der Verlag in Frankfurt am Main brachte das Buch als Paperback heraus und wies in zahlreichen Publikationen auf die Neuerscheinung hin, unter anderen in den Zeitschriften der Industrie- und Handelskammern. Wie viele Exemplare verkauft wurden, konnte ich nicht in Erfahrung bringen. Vom Verlag hieß es immer nur, der Absatz ließe zu wünschen übrig. Vielleicht wurde das Buch, das ich als Zugabe in Seminaren an den Mann bringen wollte, tatsächlich kaum verkauft, wie ich bei meinem ersten Versuch selbst erfahren musste.

*Die Anmeldeformulare zu der Veranstaltung, die in den Räumen der Industrie- und Handelskammer stattfinden soll, sind gedruckt, genügend Exemplare des Begleitbuches liegen bereit und der Termin wird in der Kammerzeitschrift bekanntgegeben. Das Interesse ist allerdings erstaunlich gering. Ganze fünf mittelständische Unternehmer melden sich an, wollen hören, was sie möglicherweise besser machen können. So bleibt ihm keine andere Wahl, als das Seminar wegen der geringen Beteiligung abzusagen. Den fünf Wackeren, die bereit waren, sich weiterzubilden, schenkt er später ein Exemplar seines Handbuchs.*

Mein zweites Buch brachte ich bei einem anderen Verlag heraus, gab ihm den Titel *Rationalisierungspraxis – Schwachstellen, Maßnahmen, Instrumente*. Eigentlich brillierte der in der Nähe von Stuttgart ansässige Verlag mit einer Reihe namhafter Autoren, die an allen möglichen, vor allem Technischen Hochschulen forschten und lehrten, brachte ein ansehnliches Buch heraus und bemühte sich um entsprechende Werbung. Aber auch hier ließ der Erfolg zu wünschen übrig. Dabei erhoffte ich mir gerade mit diesem Titel, der zugleich bei einem Partnerverlag in Wien erschien, einen angemessenen Erfolg – hatte ich mich doch bemüht, mittelständischen Unternehmen einen Leitfaden für systematisches Vorgehen, Checklisten zur Vollständigkeitskontrolle und ein Nachschlagewerk in einem Band an die Hand zu geben. Im Gegensatz zum ersten Buch stellte ich diesmal keine bloße Sammlung von Informationen zur Verfügung, sondern erklärte betriebswirtschaftliche, organisatorische, DV-technische und projektspezifische Sachverhalte und Zusammenhänge in Form von leicht verständlichem Text in Verbindung mit hilfreichen Abbildungen. Zudem zeigte ich die verfügbaren Instrumente zur Analyse und Problemlösung auf.

*Das dritte Buch, das beim selben Verlag und dessen Wiener Partner erscheint, kommt unter dem Titel "Krisenbewältigung mit Controlling" heraus. Es soll Freiberuflern, mittelständischen Unternehmern und Existenzgründern gleichermaßen als Orientierungshilfe bei der Vorbeugung gegen mögliche Krisen dienen. Und um die vermittelten Controlling-Techniken in der Praxis entsprechend anwenden zu können, liefert er als Autor die entsprechende PC-Software gleich mit, lässt sich diese sogar beim Deutschen Patentamt als Marke eintragen. Auch mehrseitige Kommentare zu diesem heiklen Thema werden in diversen Kammerzeitschriften veröffentlicht, stets mit Bezug auf das Buch und die Software. Genützt hat das alles herzlich wenig. Nur ein Dutzend Exemplare mitsamt einer Demo-Version werden entweder direkt beim Verlag angefordert oder gehen über den Ladentisch des*

*Buchhandels. Die Vollversion des unter mehreren Windows-Applikationen lauffähigen Programms wird überhaupt nicht verkauft, obwohl er als Verfasser gebührenfreien Service anbietet, der sich nicht nur auf programmtechnische Unterstützung beschränkt, sondern auch fachliche Tipps zum Controlling mit einbezieht. Ob der geringe Erfolg allerdings nur an mangelnder Nachfrage liegt oder der Verlag nicht korrekt mit ihm abrechnet, lässt sich nicht eindeutig feststellen. Nur so viel steht fest: die beiden Bücher werden nach wie vor angeboten.*

\*

Leider gab es wieder einmal Ärger. Diesmal mit einer Mieterin, die, wie alle anderen, vom Vorbesitzer übernommen worden war. Die durch Ratenkäufe völlig überschuldete junge Frau stellte einfach die Mietzahlungen ein – im Gegensatz zu dem leitenden Angestellten in Bad Homburg durchaus nachvollziehbar, weil sie im Grunde genommen pleite war. Darauf konnten wir keine Rücksicht nehmen. Auch wir mussten unseren Verpflichtungen nachkommen.

*Die logische Konsequenz nach zweimaliger nicht befolgter Zahlungsaufforderung ist die fristlose Kündigung, die letztlich zur Räumungsklage führt. Das Problem der Vermieter ist, dass sie nicht nur auf die restliche Miete warten, sondern auch noch für Abtransport und Einlagerung der Möbel in Vorleistung treten müssen. Zwar holen sie sich die restliche Miete und einen Teil des vorgestreckten Geldes über eine Lohnpfändung wieder zurück, bleiben aber auf einem nicht unerheblichen Betrag sitzen, weil die junge Frau bei ihrem Arbeitgeber plötzlich nicht mehr erscheint. Schlimmer noch. Sie ist über Nacht spurlos verschwunden. Nachforschungen sind natürlich zwecklos. Der Datenschutz ist ihnen wieder mal in die Quere gekommen.*

Die letzte Auseinandersetzung mit einem Mieter basierte auf dessen Beschwerde, dass Tauben ihren Kot auf seinem Wagen hinterließen. Dabei war ihm das Parken in der Hofeinfahrt nur entgegenkommenderweise gestattet worden. Frech, wie er war, verlangte er Mietminderung. Nach Rücksprache mit seinem Anwalt hatte er damit keine Chance, weshalb dieser ihm empfahl, den Dachboden als Ort der Verschmutzung anzugeben – auch wenn er ihn gar nicht benutzte. Der Mann mit Diplom – zu allem Übel auch noch Unternehmensberater wie ich – schickte uns nun einen Brief, in dem er den unzutreffenden Sachverhalt darlegte, dabei in drei kurzen Sätzen insgesamt zwölf Fehler fabrizierte. Als sein Vermieter und Berufskollege ließ ich es mir nicht nehmen, das Stück Papier wie eine Klassenarbeit zu korrigieren und mit mangelhaft zu benoten. Für meinen Widersacher, der mit seiner unwahren Behauptung einen finanziellen Vorteil erschleichen wollte, war das allerdings nicht nur ein Schlag ins Gesicht, sondern unter die Gürtellinie.

*Die Angelegenheit landet letztendlich vor Gericht. Als der noch junge Richter Fotos vom verschmutzten Dachboden sieht, auf dem vermutlich mit voller Absicht Taubenfedern ausgelegt worden sind, schlägt er einen Vergleich vor, den seine als Klägerin auftretende Frau strikt ablehnt. Daraufhin gibt der Schnösel in Robe – sichtlich beleidigt – dem beklagten Mieter recht. Die mitgebrachte Zeugin anzuhören, die der Nutzung des angeblich verschmutzten Dachbodens wider-*

*sprechen kann, lehnt er ebenso ab, wie die Forderung, das Streitobjekt persönlich zu begutachten. Der Anwalt der klagenden Partei sagt dazu kein Wort, schweigt aus lauter Ehrfurcht vor dem Richter. So ist es durchaus verständlich, dass er als Vermieter und Ehemann der Klägerin, der auf der Zuschauertribüne Platz genommen hat, dem Richter mehrfach ins Wort fällt, woraufhin dieser ihm mit dem Rausschmiss droht. Erreicht hat er mit seinen Zwischenrufen zwar nichts. Und dem Mieter und seiner Familie nützt der Sieg ebenso wenig. Er zieht aus der Wohnung nämlich aus, noch bevor sein im Bau befindliches Haus bezugsfertig ist. Aber der Schnösel in Robe erweist seinem Berufsstand auch nur einen Bärendienst. Mit dem lächerlichen Urteil sieht sich der Vermieter in seiner Meinung über diesen Rechtsstaat bestätigt.*

\*

Nicht nur in Oberfranken, auch in Südthüringen konnte ich bei einigen mittelständischen Unternehmen Fuß fassen, die mir, bis auf eine Ausnahme, von meiner Hausbank vermittelt wurden. In allen Fällen wurde ich mit der Durchführung von Betriebsanalysen betraut. Auch hier konnte ich einigen Mandanten Fördergelder beschaffen.

Ein Unternehmen, das bereits zu DDR-Zeiten eigenständig agierte, wurde als Genossenschaft betrieben, der über fünfzig Handwerksbetriebe angehörten. Deren Geschäftstätigkeit erstreckte sich auf die Beschaffung und den Vertrieb von Artikeln und Zubehör für die Heizungs- und Sanitärinstallation sowie diversen Metallen, Gasflaschen und Bauelementen wie zum Beispiel Garagentoren, die größtenteils gelagert wurden. Eine ABC-Analyse führte zu dem Ergebnis, dass drei Prozent der am Lager vorrätigen Artikel rund dreißig Prozent des gesamten Lagerwertes ausmachten – also hochwertige Teile waren, die eine unnötige Kapitalbindung verursachten und damit für Liquiditätsengpässe sorgten. Die für die Sortimentsbereinigung erforderlichen Maßnahmen wurden vom altersbedingt ausscheidenden Geschäftsführer nicht mehr umgesetzt. Stattdessen fand eine Übernahme durch einen ortsansässigen Großbetrieb statt.

Bei der nächsten Firma handelte es sich um einen im Landschaftsbau tätigen Betrieb, der sich schwerpunktmäßig mit Pflasterarbeiten, Gestaltung und Pflege von Garten- und Außenanlagen, Baumpflege und -entfernung sowie Verlegung von Fertigrasen befasste. Die Untersuchung ergab, dass mit den Umsätzen von Januar bis Oktober des laufenden Geschäftsjahres lediglich ein ausgeglichenes Ergebnis, also kein Gewinn, erzielt worden war. Der aber wäre nötig gewesen. Schließlich stand der Winter vor der Tür, in dem kaum mit Aufträgen zu rechnen war. Denn die fixen Kosten für die Verwaltung fielen nach wie vor an, während das gewerbliche Personal vorübergehend arbeitslos gemeldet wurde. Damit war ein nicht unerheblicher Verlust vorprogrammiert.

*Das Problem löst sich allerdings von allein. Einer der beiden Geschäftsführer, kein fliegender, aber ein fliehender Holländer, lässt den Partner einfach auf dem Schuldenberg sitzen und verschwindet mit seinem Anteil, den er noch unbemerkt aus der Firma abziehen kann. Der Kollege hat keine andere Wahl, als Insolvenz anzumelden. Er als Berater bleibt mit dieser Pleite das erste und einzige Mal im Osten Deutschlands auf seinen Forderungen sitzen. Der Rechtsstaat hingegen zeigt wieder mal seine lächerliche Seite. Der Holländer lässt sich unbehelligt in einem Nachbarort nieder, tritt dort im Namen einer Bekannten auf und kann weiterhin seine schmutzigen Geschäfte betreiben.*

Erfreulich war die Zusammenarbeit mit einem auf dem Gebiet der Schwachstromelektronik tätigen Unternehmen. Dazu zählten der Vertrieb und die Montage von Computer-, Büro-, Kommunikations-, Video- und Projektionstechnik. Als wesentliche Schwachstelle entpuppte sich die angespannte Liquiditätslage, die auf zu hohe Außenstände zurückzuführen, also der schlechten Zahlungsmoral der Kunden zu verdanken war. Die Privatwirtschaft ließ sich vier bis sechs Wochen Zeit. Die Behörden nutzten sogar bis zu sechs Monate aus. Die beiden Geschäftsführer meisterten die kritische Situation, indem sie das Übel an der Wurzel packten und zwecks Leistungsvorfinanzierung eine Anzahlung verlangten. Die Geschäftsbeziehung blieb in der Folgezeit bestehen. Als ihr Berater wurde ich nun selbst deren Kunde, konnte von der in meinem Büro installierten Computertechnik persönlich profitieren.

Ein anderer Mandant war aus einer Ausgliederung entstanden, gehörte früher zu einem elektrokeramischen Werk, bot vor allem Elektroinstallationen für Industrie, Handwerk und Privathaushalte inklusive Wartung und Reparatur an. Ein gravierendes Problem stellten die vielen Überstunden dar. Ich schlug vor – wie einst bei dem Mannheimer Hoch- und Tiefbaukonzern – ein flexibles Arbeitszeitmodell einzuführen, bei dem die in Spitzenzeiten geleisteten Überstunden einem Zeitkonto gutgeschrieben und bei Auftragsmangel wieder abgebaut wurden, ohne dass Überstundenzuschläge bezahlt werden mussten.

*Die Zusammenarbeit mit dem alleinigen Geschäftsführer ist jedoch alles andere als erquicklich. Er kann sich mit keinem seiner Vorschläge so recht anfreunden, ist überhaupt ein Quer- und Quatschkopf zugleich, der ihn, kommunalpolitisch vorbelastet, mit seinem Gelaber von dem eigentlichen Vorhaben nur abzulenken versucht. So dauert es auch nicht lange, bis sich der Berater endgültig zurückzieht. Irgendwie scheint der Mann aber die Kurve gekriegt zu haben, denn sein Unternehmen bestand noch eine Weile. Inzwischen existiert der Betrieb nicht mehr, was auch an seinem Alter und einem fehlenden Nachfolger liegen kann. Aber Genaueres konnte nicht in Erfahrung gebracht werden.*

Ein weniger komplizierter Auftrag kam mit einem Baumarkt auf mich zu, der zugleich Transportgeschäfte betrieb. Nach einer detaillierten Untersuchung von Erlösen und Kosten stellte sich heraus, dass die letztgenannte Sparte für die deutlich größeren Überschüsse sorgte, dieses Geschäft also wesentlich einträglicher war. Die beiden Geschäftsführer trafen daraufhin die Entscheidung, den kapitalbindenden und personalintensiven Baumarkt aufzugeben und sich voll und ganz auf die Transportgeschäfte zu konzentrieren.

Der letzte, von einem Wirtschaftsprüfer in Thüringen vermittelte Mandant betrieb einen Werkzeug- und Vorrichtungsbau – ein Fachgebiet, auf dem ich in der Vergangenheit reichlich Erfahrung sammeln konnte. Diesmal war es aber nicht die Produktionsplanung und -steuerung, die Sorgen bereitete, sondern die Kalkulation. Da der vorkalkulierte Stundenverrechnungssatz in der Regel überschritten wurde, häuften sich bei der Nachkalkulation die negativen Deckungsbeiträge – insbesondere bei Press- und Spritzwerkzeugen. Um dies in Zukunft zu vermeiden, mussten mehrere Schwachstellen beseitigt werden. Das heißt, die einzelnen Arbeitsgänge mussten mit Vorgabezeiten belegt, die Aufzeichnungen der tatsächlich angefallenen Zeiten kontrolliert und die Störzeiten getrennt erfasst werden.

*Die Vorschläge werden vom Geschäftsführer akzeptiert, später auch umgesetzt. Aber das von mir erbetene Empfehlungsschreiben händigt er nicht aus – angeblich wegen Arbeitsüberlastung. Dass ich, auf seinen ausdrücklichen Wunsch hin, viel Zeit ohne Berechnung aufgebracht habe, um seinen mitarbeitenden Neffen in die Materie einzuarbeiten, ist seinem Gedächtnis offenbar abhanden gekommen. Bei solchen Machenschaften taucht dann schon mal die Frage nach der DDR-Vergangenheit auf.*

\*

Bei unserem zweiten Besuch in Marienberg ließen wir uns mehr Zeit. Wir übernachteten in einem Hotel auf der Drei-Brüder-Höhe, einer Anhöhe mitten im Wald – mit einem Aussichtsturm, den ich sogleich bestieg. Von hier aus war es nicht weit in die Stadt. Überall konnten wir uns gründlich umsehen, Vergangenheit und Gegenwart miteinander vergleichen.

*Auf dem Marktplatz findet rund um das Denkmal des Stadtgründers der Wochenmarkt statt. Den Hinterhof des Wohnhauses, in dem er mit seiner Familie bis zur Flucht gelebt hat, erreichen sie durch einen diesmal offenen Torbogen, suchen das inzwischen abgerissene Fabrikgebäude aber vergeblich. In der Stadtkirche St. Marien, wo er manchmal auf der Empore gestanden und, nebst Orgelbegleitung, auf seiner Geige gespielt hat, genießen sie als einzige Besucher die Stille. Nur auf die Besteigung des Turms müssen sie verzichten. Und in der Schule, die jetzt ein Gymnasium ist, führt sie eine attraktive junge Lehrerin in sein früheres Klassenzimmer, das er so gern für seine Weitwürfe auf Ulbrichts Portrait gewählt hat. Auch durchs Zschopauer Tor gehen sie, begeben sich danach noch zum Bahnhof, wo jetzt Schienenbusse verkehren, und auf den Friedhof, auf dem er keinen ihm bekannten Namen finden kann, ehe sie schließlich in Wolkenstein landen, das er einst barfuß besucht hat.*

\*

Ein freudiges Ereignis stand kurz vor dem Millennium ins Haus. Meine Tochter brachte einen gesunden Jungen zur Welt. Jetzt war ich nicht nur Vater, sondern auch Großvater, fieberte dem Moment entgegen, meinen Enkel zu sehen.

*Zwei Wochen nach der Geburt ist es soweit, kann er das winzige Etwas in den Arm nehmen, das er wie eine zerbrechliche Porzellanpuppe festhält – aus Angst davor, dem armen Würmchen, das in den ersten Wochen unter fürchterlichen Blähungen leidet, weh zu tun. Es ist weiß Gott schon lange her, dass er seine Tochter in den Armen gehalten hat. Erstaunt ist er über seinen Schwiegersohn in spe, der mit scheinbarer Leichtigkeit mit dem Stammhalter umgeht, sogar die Windeln wechselt und ihn badet. In diesem Punkt ist er als Vater keine allzu große Hilfe gewesen, hat die Pflege seiner Tochter lieber der Mutter überlassen.*

## Die fremde Halbschwester

Der vorletzte in Oberfranken angesiedelte Mandant war eine Maschinenfabrik, die Schneidanlagen herstellte. Statt, wie ursprünglich vorgesehen, einen Auftrag über die Analyse der Gemeinkosten zu erteilen, wurde ich mit der Untersuchung der Nachkalkulation betraut – mit dem Ziel, die bisher verwendeten Gemeinkostenzuschlagssätze, die einheitlich für alle Produktlinien in Ansatz gebracht wurden, durch aufwandsabhängige Zuschlagssätze zu ersetzen.

*Das vorgelegte Konzept wird jedoch verworfen, weil die Geschäftsleitung das Prinzip der Prozesskostenrechnung nicht begriffen hat, ständig vom Vermischen von Äpfeln mit Birnen faselt. Dabei ist eines klar: Anlagen, die speziell für China hergestellt werden, ziehen wesentlich höhere Gemeinkosten nach sich als solche, die fertigungstechnisch zwar ähnlich aufwändig sind, auch auf vergleichbarem Preisniveau liegen, aber im Inland vertrieben werden. Hierzu zählen zum Beispiel teurere Telefonate und Flüge sowie erforderliche Übersetzungen und Visa. Alles in allem bereitet dieser Auftrag keine Freude, zumal er den doch erheblichen Aufwand für die Auswertung einer Befragung und das umfangreiche Konzept mit zahlreichen Berechnungen nicht vollständig fakturieren kann.*

\*

Mit meinem Sechzigsten erlebte ich wieder einmal einen runden Geburtstag. Der absolute Höhepunkt war die Nachfeier mit der Familie: der Frau, der Tochter samt Lebensgefährte, Sohn und Schwiegereltern, den beiden Brüdern nebst Schwägerinnen sowie den drei Nichten und zwei Neffen – die drei Kinder des Halbbruders jeweils mit Ehepartner. Wurde am Tag der Anreise im eigenen Garten gefeiert – in einem Zelt, das sich wegen des unerwartet schönen Wetters als überflüssig erwies, mit Büffet und Fassbier, das früh zur Neige ging, weshalb meine Frau für Nachschub sorgen musste – stand am nächsten Tag eine Rundfahrt durch Mainfranken auf dem Programm.

*Statt des für rund zwanzig Personen geordneten Busses fährt ein ganz neuer vollklimatisierter Reisebus mit etwa fünfzig Sitzplätzen vor, in dem sich die Fahrgäste fast verlieren. Nach Vorlage der Fahrtroute zweifelt der Busfahrer daran, die Strecke mitsamt den Aufenthalten für Einkehr und Besichtigungen im vorgesehenen Zeitrahmen zu schaffen. Doch er hat die Rechnung ohne den Sechzigjährigen gemacht, der die Gruppe voll im Griff hat und den Zeitplan nahezu minutiös einhält. Für die größte Überraschung sorgt aber sein Enkel. Der nicht einmal zwei Jahre alte Dreikäsehoch quengelt nicht ein einziges Mal, hält während der gesamten Tour tapfer durch und macht höchstens mal zwischendurch ein kleines Nickerchen. Von Coburg führt der Weg über Königsberg, einst Amtsstadt des Herzogtums Sachsen-Coburg und Gotha, und die Wallfahrtskirche Maria Limbach zu den Weinorten Iphofen und Sulzfeld, wo sie mittags zu einer Meterbratwurst einkehren. Weiter geht es über die Wallfahrtskapelle Maria im Weingarten und den Weinort Volkach zu einem Weinfest nach Zeilitzheim. Von dort kehren sie am Abend nach Volkach zurück und genießen in einem der ältesten Gasthöfe frischen Spargel. Erst spät treten sie die Rückfahrt nach Coburg an und trinken in ihrer Dorfkneipe noch ein paar Bier, um nach der langen Tour den Durst zu löschen.*

\*

Andere Mitglieder der Familie hatten gleichfalls Grund zum Feiern. Die Tochter trat mit ihrem langjährigen Lebensgefährten vor den Standesbeamten und sorgte dafür, dass der sympathische junge Mann endlich unser Schwiegersohn wurde. Mein Bruder folgte mir bald mit seinem Sechzigsten, der Halbbruder sogar mit dem Siebzigsten. Einer der beiden Neffen, in dessen Adern wohl mein Blut floss und der als promovierter Mediziner gern von den springenden Genen sprach, heiratete eine Berufskollegin, rutschte allerdings – ebenfalls wie ich – auf dem Parkett der Ehe aus und ließ sich bald wieder scheiden. Später hat er dann wieder geheiratet – erneut eine Ärztin. Und während die drei Kinder meines Halbbruders längst eigenen Nachwuchs hatten und Silberhochzeit feierten, machte die jüngste Nichte, mein Patenkind, dessen Geburtstag ich treuloser Patenonkel mit schöner Regelmäßigkeit vergaß, gerade mal die Dreißig voll. Mittlerweile war aber auch sie verheiratet und hatte zwei Söhne.

*Doch auch die traurigen Ereignisse bleiben ihnen nicht erspart. Erst stirbt der Schwager aus Erlangen, dann der Halbbruder aus Halle. Beide sind an Krebs erkrankt, machen ihre Ehefrauen zu Witwen. Der eine wird kurz vor, der andere kurz nach seinem Siebzigsten in die Ewigkeit abberufen. Was bleibt, sind Erinnerungen: zum einen an den sturen Franken mit seinem trockenen Humor, zum anderen an den nicht weniger sturen Halbbruder, der sich von den SED-Bonzen nicht vereinnahmen ließ. Bald darauf segnen auch seine Ex-Schwiegereltern und seine Schwiegermutter das Zeitliche. Alle drei erreichen ein hohes Alter von neunzig Jahren. Den vorläufigen Schlusspunkt setzt die Frau seines Halbbruders, die – immerhin sechsundsiebzigjährig – in einem Altersheim stirbt.*

\*

Neben den Fachbüchern schrieb ich Ratgeber für den PC, die einer der bedeutendsten Buchverlage auf diesem Gebiet herausbrachte. Schwerpunkte waren die Entwicklung einer Homepage für den Internetauftritt sowie die Handhabung eines Handheld – auch Organizer oder Taschencomputer genannt.

Zum Thema *Homepage* erschienen das fast achthundert Seiten umfassende *Homepage Magnum* mit CD-ROM und *Homepage Pocket*, eine gekürzte Fassung von knapp vierhundert Seiten, die zeitgleich von einem Partnerverlag als Lizenzausgabe veröffentlicht wurde. Dem Leser sollte aufgezeigt werden, mit welchen Websprachen und -designern sowie Multimediaprogrammen ein Webauftritt realisiert werden konnte. Für den damals gängigsten Webdesigner verfasste ich das umfangreiche Lehrbuch *Jetzt lerne ich FrontPage*, das ebenfalls mit einer CD-ROM ausgestattet war.

Für den am häufigsten verwendeten Handheld kam das gut dreihundertfünfzig Seiten starke Handbuch *Palm Pocket* heraus, das dem Benutzer demonstrieren sollte, wie sich der Einsatz eines solchen Gerätes optimieren ließ – also neben den Grundfunktionen wie Kalender, Adressen, Notizen, Taschenrechner usw. weitere Programme wie Textverarbeitung, Tabellenkalkulation, Grafik, Sprachführer, Reiseatlas oder Aktiendepotverwaltung genutzt werden konnten. Auch der Zugang zum Internet sowie der Datenaustausch zwischen Handheld und PC wurden ebenso behandelt wie die Entspannung zum Beispiel mit Hilfe eines Schachspiels.

*Der Absatz der Bücher ist mit rund einundzwanzigtausend verkauften Exemplaren respektabel – vor allem, wenn man bedenkt, dass es sich bei allen Titeln um Randthemen handelt, also nicht um übliche Büroanwendungen, Betriebssoftware oder Programmiersprachen. Auch die Resonanz der wenigen Leser, die per Email um die Beantwortung einzelner Fragen bitten, ist durchweg positiv. Nur zwei besondere Schlaumeier glauben, sich in der Öffentlichkeit – natürlich anonym – hervortun zu müssen, indem sie im Online-Buchhandel ihre lächerlichen Kommentare abgeben. Den Verfasser und den Verlag berührt das allerdings herzlich wenig, scheint das Ganze doch eine Kampagne der Konkurrenz zu sein.*

\*

Von dem bereits erwähnten, in der Region bekannten Wirtschaftsprüfer wurde ich kurioserweise an ein mittelständisches Unternehmen in Oberfranken vermittelt, dessen Inhaber ich von privaten Begegnungen her kannte und dem ich früher mal ein Beratungsangebot unterbreitet, aber keine Antwort erhalten hatte. Nun tauchte ich ausgerechnet bei diesem Polstermöbelfabrikanten auf, in dessen Branche ich mich inzwischen gut auskannte. Auch hier bestand die

Kollektion aus zwei- und dreisitzigen Sofas mit und ohne Armlehnen, Rundecken und Sesseln, aber zusätzlich noch aus Liegen.

Die Betriebsanalyse ergab, dass der Pro-Kopf-Umsatz zu gering, die fixen Gemeinkosten dagegen zu hoch ausfielen. Das Grundübel für die zunehmenden Verluste und die daraus resultierenden Liquiditätsengpässe aber steckte in der Abhängigkeit gegenüber einem Großkunden – einem Versandhaus, das die Möbel per Katalog anbot und seinen Kunden sogenanntes Probewohnen einräumte. Das führte zwangsläufig zu Retouren, die in den meisten Fällen nicht einmal weiterverkauft werden konnten, weil sie verdreckt oder beschädigt waren. Ein derartiges Verhalten legte die Vermutung nahe, dass es sich bei der Mehrheit der Katalogkäufer um Vandalen handelte, die es darauf anlegten, die Garnituren oder Liegen eine Zeit lang kostenlos zu nutzen, um sie vor der nächsten Probelieferung wieder loszuwerden.

*Die Konsequenz ist, dass die Hausbank keine weiteren Überziehungen mehr duldet, die Kreditlinien fristlos kündigt und die Firma in die Insolvenz zwingt. Der Inhaber, gemeinsam mit dem älteren Sohn persönlich haftender Gesellschafter, bittet ihn als Berater um weitere Unterstützung. Er strebt eine Neugründung in Form einer Gesellschaft mit beschränkter Haftung an, in der der jüngere, nicht vorbelastete Sohn, die Geschäftsführung übernehmen soll. Dummerweise lässt er sich auf dieses Abenteuer ein, will die ihm vertraute Familie nicht im Stich lassen. Er stellt sogar eigenes Kapital zur Verfügung – zunächst als Partiarisches Darlehen, das später in einen Gesellschafteranteil umgewandelt werden soll. Die geschäftliche Ver-*

*bindung droht zunehmend zu einem unkalkulierbaren Risiko zu werden. Von der Vorgängerfirma werden viel zu viele Mitarbeiter übernommen. Und mit dem Versandhaus wird erneut ein Kuhhandel eingegangen, der schon einmal in den Ruin geführt hat. Zwar besteht der Plan, dieses Geschäft in dem Maße zu reduzieren, wie die Belieferung des Möbeleinzelhandels zunimmt, um sich letztendlich vom Kataloganbieter zu trennen. Und auch für die Kollektion wird einiges getan. Ein externer Designer soll einen neuen Stil kreieren, der sich im gehobenen Segment ansiedeln lässt. Auf die unrentable Schreinerei der alten Firma wurde ohnehin schon verzichtet. Die Gestelle werden künftig von fremden Zulieferern bezogen. Sogar eine Produktionsverlagerung der wenig ertragreichen Liegen ins benachbarte Tschechien ist geplant. Eine geeignete Fertigungsstätte steht bereits zur Verfügung. Doch das alles hilft nichts. Der Wechsel zu den Möbelhäusern geht nur schleppend voran, die neue Kollektion lässt auf sich warten, die Produktion im Nachbarland ist mit zu vielen Mängeln behaftet und der Personalbestand wird der veränderten Situation nicht angepasst. So ist auch das Ende der Nachfolgefirma nur eine Frage der Zeit. Schließlich muss sie in den gleichen sauren Apfel beißen wie ihre Vorgängerin, muss Insolvenz anmelden. Das Fiasko bringt ihn um viel Geld, das er anderweitig besser angelegt hätte. Nur einen kleinen Teil bekommt er über die Abtretung von Forderungen zurück, befindet sich nun selbst in einer finanziell misslichen Lage. Sein Glück ist, dass ihn der Münchner Nutzfahrzeug-Hersteller für ein siebtes und zugleich letztes Großprojekt engagiert und ihn damit endgültig in ruhigeres Fahrwasser geleitet.*

\*

Was meine Gesundheit betraf, war mein Nimbus, zeit meines Lebens von Krankenhausaufenthalten verschont zu bleiben, zerstört worden. Mit sechsundsechzig Jahren, wenn das Leben erst anfängt, wie es in einem Schlager so schön heißt, handelte ich mir einen Leistenbruch ein. Wenigstens wurde ich endoskopisch, also auf schonende Weise operiert. Aber ich musste in der Klinik bleiben, wenn auch nur für eine Nacht. Allein das hinten offene Hemd und die engen Kompressionsstrümpfe waren für mich Grund genug, am nächsten Morgen möglichst schnell das Weite zu suchen.

\*

*Die größte Überraschung, die er auf seine alten Tage erlebt, ist fast schon eine Sensation. Seine Brüder und er haben eine Halbschwester, über die im Elternhaus nie gesprochen wurde. Sie ist ein uneheliches Kind ihres gemeinsamen Vaters, das kein Zuhause kennt. Ihre Mutter, die später einen anderen Mann geheiratet hat, wollte die Tochter nicht aufnehmen, fühlte sich in ihrer neuen Beziehung gestört. Und ihr gemeinsamer Vater durfte sich nicht um sie kümmern, weil die ihr fremde Frau, also seine Mutter, dagegen war. Die seit Jahrzehnten in Hamburg lebende Halbschwester, deren Wohnung unmittelbar an der Strecke liegt, die sie bei ihren Verwandtenbesuchen in Schleswig-Holstein benutzten, sah den Vater nie wieder, war ihm das letzte Mal mit neunzehn Jahren irgendwo in Schlesien begegnet. Nun ist sie zwei-undachtzig Jahre alt und will wenigstens ihn kennenlernen, der den Mut aufgebracht hat, sie anzurufen. Doch aus diesem Treffen wird nichts. Erst ist sie zu krank, wird immer wieder ins Krankenhaus eingeliefert. Dann stirbt sie, früh verwitwet und kinder-*

*los. Erst Monate später erfährt er von ihrem Tod, ohne ihr je begegnet zu sein und ohne zu wissen, wo sie begraben ist.*

\*

In Coburg lebten wir nun schon seit siebenunddreißig Jahren – so lange, wie nirgendwo in deutschen Landen. Und wir fühlten uns dort wohl, wenn auch nicht alles Gold war, was glänzte. Positiv fanden wir das natürliche Umfeld: den dörflichen Charakter unseres Stadtteils; den herrlichen Blick auf Schloss Callenberg, die ehemalige Sommerresidenz der Herzöge von Sachsen-Coburg und Gotha; den sich über mehrere Quadratkilometer erstreckenden Wald vor unserer Haustür; den künstlich angelegten See, der als Hochwasser-Rückhaltebecken dienen und die Stadt vor den Launen der Natur bewahren sollte; die halbstündlich bediente Endstation einer Stadtbuslinie; und den gemütlichen Gasthof mit Kleinkunstangebot. Als negativ empfanden wir das persönliche Umfeld: nämlich diejenigen Nachbarn, die entweder mit ihrer Zeit nichts Unsinnigeres anzufangen wussten, als uns ständig mit Sägen, Hämmern, Bohren und dergleichen zu nerven, oder diejenigen, die für ständiges Hundegebell sorgten, weil sie nicht in der Lage waren, ihre Viecher entsprechend zu erziehen.

Dabei ist Coburg wirklich eine schöne Stadt – beschaulich, aber auch lebhaft, wie manche Großveranstaltung beweist; provinziell und doch städtisch, wofür allein die großzügig gestalteten Anlagen wie Markt-, Alberts-, Theater- und Schlossplatz sowie Hof- und Rosengarten sorgen; von allen möglichen Menschen bewohnt, darunter den typischen Residenzlern, die nicht so arrogant und unfreundlich sind, wie oft behauptet wird; mit Kunstschätzen reichlich gesegnet, wie den herrlichen Profan- und Sakralbauten aus der Zeit des Herzogtums, als das Herrscherhaus mit fast allen Monarchien Europas verbunden war, oder der alles überragenden Veste, einer der größten Burgen des Kontinents; und von der typisch fränkischen Küche verwöhnt, die jedermanns Leib und Seele zufriedenstellt, allen voran der weit über die Grenzen hinaus bekannten Coburger Bratwurst, die auf Kiefernzapfen gegrillt wird.

**Anlage A - Fotos**

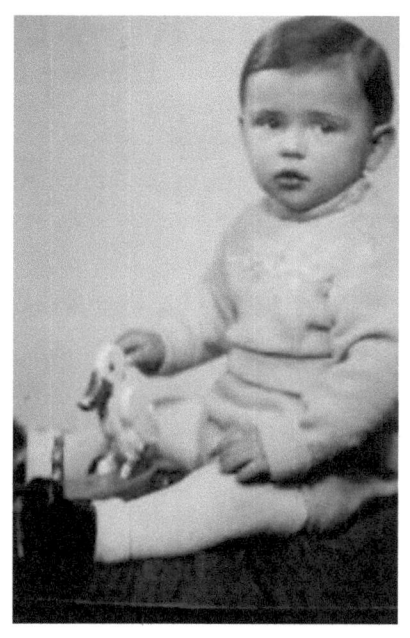

Breslau 1942

Eltern – Breslau 1938

Großeltern mütterlicherseits – Liegnitz 1928

Marienberg/Erzgebirge 1947

Mit Brüdern Bodo (r.) u. Christian (l.)
Marienberg/Erzgebirge 1947

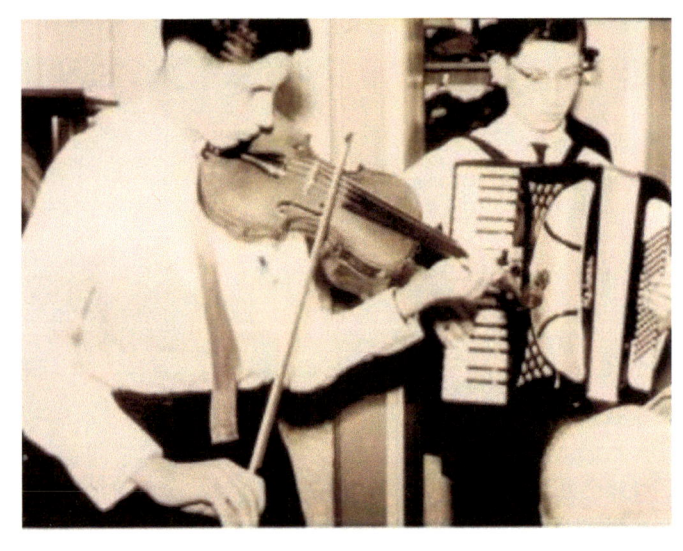

Mit Bruder Christian (r.) – Bochum 1958

Eltern – Bochum 1960

Erstes eigenes Auto – Bochum 1965

Bochum 1968

Mit Tochter Alexandra – Bochum 1978

Mit Ehefrau Iris – Coburg 1980

Ehefrau Iris u. Tochter Alexandra
Kreta 1987

Enkel Jakob – Berlin 2002

Tochter Alexandra u. Enkel Jakob – Berlin 2015

Mit Ehefrau Iris, Enkel Jakob u. Tochter Alexandra
Weihnachtsmarkt Coburg 2015

## Anlage B - Zeittafel

| | |
|---|---|
| 1940 | Geburt am 24. Dezember in Breslau |
| 1941 | Tod von Großvater Otto Eitner |
| 1942 | Geburt von Bruder Torß-Christian Schulz |
| 1945 | Flucht aus Schlesien (von Breslau über Hirschberg nach Marienberg/Erzgebirge) |
| 1947 – 1953 | Besuch der Martin-Andersen-Nexö-Schule in Marienberg/Erzgebirge |
| 1953 | Flucht aus der DDR (von Marienberg/Erzgebirge über West-Berlin, Kempten/Allgäu und Rheine/Westfalen nach Bochum) |
| 1954 – 1960 | Besuch des Heinrich-von-Kleist-Gymnasiums in Bochum (Mittlere Reife) |
| 1960 – 1962 | Besuch der Höheren Handelsschule in Bochum (Abschluss) |
| 1962 – 1964 | Kaufm. Lehre bei Stahlwerke Bochum AG (Kaufmannsgehilfenbrief) |
| 1964 – 1968 | Besuch des Städt. Abendgymnasiums in Gelsenkirchen (Abitur) |
| 1964 – 1965 | Kaufm. Angestellter bei Stahlwerke Bochum AG |
| 1965 | Verlobung in Tübingen |
| 1966 – 1967 | Kaufm. Angestellter bei Bochumer Eisenhütte Heintzmann & Co. |
| 1967 | Auflösung der Verlobung in St. Peter-Ording |
| 1968 | Erste Eheschließung in Bochum Geburt der Zwillinge Maren-Christiane und Ina-Alexandra Schulz |
| 1969 – 1970 | Kostenrechner bei Crane GmbH in Herne/Westfalen |
| 1969 | Tod von Tochter Maren-Christiane Schulz Tod von Vater Fritz Schulz |

| | |
|---|---|
| 1970 – 1971 | Leiter der Betriebsbuchhaltung bei Klöckner-Schott Glasfaser GmbH in Dortmund |
| 1971 | Wiedersehen mit Halbbruder Hans-Bodo Schulz in Halle/Saale |
| 1971 – 1974 | Leiter der Betriebswirtschaft bei WOLF-Geräte GmbH in Betzdorf/Sieg |
| 1973 | Scheidung der ersten Ehe in Bochum |
| 1974 – 1978 | Leitender Organisator bei Treuhand-Vereinigung AG in Frankfurt/Main (Beratungsaufträge u.a. bei ARAL AG in Bochum, Grün + Bilfinger AG in Mannheim, Deutsche Forschungs- und Versuchsanstalt für Luft- und Raumfahrt in Porz-Wahn, Radio Liberty/Radio Free Europe in München, Kollmar & Jourdan AG in Pforzheim mit Ernennung zum kommissarischen Vorstandsmitglied) |
| 1974 | Zweite Eheschließung mit Iris Becke in Kirchen/Sieg |
| 1976 – 1978 | Besuch der Fernuniversität in Hagen (ohne Abschluss) |
| 1978 - 2008 | Freiberuflich tätiger Unternehmensberater mit Schwerpunkten Systemanalyse, Betriebsanalyse und Externes Controlling in Coburg (Beratungsaufträge u.a. bei BMW AG in München, VW AG in Wolfsburg, Heidelberger Druckmaschinen AG in Geislingen/Steige, Adam Opel AG in Rüsselsheim, MAN AG in München) |
| 1979 | Zweites Wiedersehen mit Halbbruder Hans-Bodo Schulz in Halle/Saale |

| | |
|---|---|
| 1980 | Wiedersehen mit Geburtsort Breslau<br>Veröffentlichung des Fachbuchs "Handbuch der innerbetrieblichen Schwachstellenanalyse" bei Rita G. Fischer Verlag in Frankfurt/Main |
| 1982 | Tod von Großmutter Olga Eitner |
| 1984 | Tod von Mutter Margarete Schulz |
| 1986 | Geldstrafe wegen Transitvergehens in der DDR |
| 1987 | Verhandlung wegen Projektabbruchs vor dem Landgericht Coburg (Vergleich) |
| 1989 | Öffnung der DDR-Grenzen im Landkreis Coburg |
| 1990 | Erstellung eines Gutachtens für einen VEB in der DDR<br>Wiedersehen mit Marienberg/Erzgebirge und zweiter Besuch in Breslau<br>Erster Besuch von Halbbruder Hans-Bodo Schulz in Coburg |
| 1994 – 1997 | Veröffentlichung der Fachbücher "Rationalisierungspraxis" und "Krisenbewältigung mit Controlling" inkl. Software-Paket "CONWARE" bei expert-verlag in Renningen |
| 1999 | Geburt von Enkel Jakob Schröder |
| 2001 - 2002 | Veröffentlichung der PC-Ratgeber "Homepage Magnum", "Homepage Pocket", "Jetzt lerne ich FrontPage" und "Palm Pocket" bei Verlag Markt + Technik in München |
| 2003 | Verlust des einem Mandanten gewährten Darlehens nach dessen Insolvenz |

| | |
|---|---|
| 2005 | Tod von Halbbruder Hans-Bodo Schulz |
| 2007 | Erstes Telefonat mit Halbschwester Edith Claasen in Hamburg |
| 2009 | Tod von Halbschwester Edith Claasen |
| 2013 | Veröffentlichung der belletristischen Bücher "Die Managotteras", "Klostergrau Hornissengeist", "Bühnenfieber" und "Heine lässt grüßen" bei Books on Demand in Norderstedt |
| 2015 | Vollendung des 75. Lebensjahres |